JN286072

見つめていたい

きたざわ尋子

白泉社花丸文庫

見つめていたい　もくじ

見つめていたい……7
あとがき……233

イラスト／赤坂《あかさか》RAM

相変わらず新宿という場所は人が多い。春休み中ということも少しはあるだろうが、そうでなくてもここは常に人であふれかえっている。

そう思いながら、片瀬深里《かたせみさと》はにぎやかな大通りから裏手に入り、目指《めざ》す喫茶店のドアをくぐった。

約束の時間からはほんの少しすぎていた。だが待ちあわせ相手三人のうち、まだ一人は来ていないらしく、少しだけほっとした。

ここで待ちあわせて、深里《みさと》たちは仕事先のホテルへ出向くことになっている。一緒に行く必要はないし、いつもは別々に現場へ行くのだが、たまたま今日は話の流れてこうなったのだった。

カフェではなく、あくまで喫茶店という呼び名がよく似合う店には、そこそこ人が入っていた。きちんと手入れはされているが、くたびれた椅子やソファには年季《ねんき》が感じられ、そのあたりが客層にも表れているようだ。だが軽食が案外いけるし、それほど混まない店だから……と、まだ来ていない一人が強く推《お》し、じゃあそうしようということになったのだった。

所属するオフィス大塚《おおつか》から、仕事先のホテルに派遣《はけん》されるのは、深里を含めて四人となっている。そのうちの一人、大塚社長の一人息子である卓斗《たくと》の隣《とり》に、深里は腰を下ろした。

斜め前には関原《せきはら》という自称役者志望の男がいる。しかしながら、どこまで本当かわかったものではない。彼の背後に、とある人物がいることも、オフィス大塚にスタッフ登録をした理由も、深里はすでに知っているのだ。こちらが知った後も、何ごともなかったかのようにスタッフとして接してくるので、気にしても仕方がないとそれまで通りに接している状態だ。

そしてもう一人は、少し遅刻するとメールが入ったそうだが、仕事開始の時間にはまだあるので問題はなかった。

「すみません」

「ナンパがしつこかったの？」

にやにやと笑いながら関原が言った。

「は……？」

「外人の男に捕まってただろ」

見ていたのかと、思わず舌打ちしたくなった。

深里に話しかけてきたのはアメリカ人の若い男だった。聞いたこともない店の場所を尋《たず》ねられ、とりあえず電話番号だけは載《の》っていたので、頼まれて店に電話をかけて正確な場所を聞いてから道を教えた。彼は深里に声をかけるまで、数人に話しかけたが、そそくさと逃げられたり、わからないと言われたりしたらしく、途方《とほう》に暮れていた。縋《すが》るような目で見られ、深里は無下《むげ》にできなくなったのだ。

「場所を訊《き》かれてただけですよ」

「ああ……英語が話せるといいよね。でも、やけに時間かかってなかった？　もしかして、お礼にお茶でもとか言われたりして」

今度こそ深里は舌打ちし、卓斗に驚かれてしまった。卓斗にも、ある程度は地《じ》を見せてきたつもりだったが、忌々《いまいま》しげに舌打ちをする深里の姿は想像していなかったらしい。

深里は、はぁと溜《た》め息をつき、近づいてきたウェイターにコーヒーを頼んだ。

「図星か。相変わらず、男にモテるみたいだな」

「ただの礼です」

「どうかなぁ」

まさか、こんなことまで報告するつもりじゃないだろうなと、深里は目をすがめて関原を見た。卓斗は真横にいるので、気をつければ険《けわ》しい表情に気づかれることもない。

言い返したいことはある。だがこの場では言えないのだ。

同性から興味を抱《いだ》かれたり襲われたりしたことは、もうよく覚えていないくらい何度もあった。しかしながら、それは深里自身がどうこうというよりも、深里の恋人に問題があったのだ。

深里に何かしてきた連中のほとんどが、そもそも恋人――片瀬理人《りひと》に何かしら思うところがあり、その相手として深里を認識する。最初から「男に抱かれている人間」として見ていたわけだ。その上、片瀬という男は、あちこちに敵がいたり快く思われていなかったりするので、しばしば深里がそのとばっちりを受けるはめになったのだった。そして深里への危害は、かなりの確率で性的な行為へと及《およ》んだ。

殴る蹴るの暴行を受けたことがほとんどないのは、暴力的な人間があまりいなかったせいだろう。そのあたりは、類は友を呼ぶ……というやつなのかもしれない。

片瀬に言わせれば、友ではないと言うだろうが。

「そういえば、パーティーのときなんか、ときどき名刺とか電話番号とか押しつけられてるよな」

卓斗は感心した様子でぽつりと呟《つぶや》いた。

「顔が綺麗《きれい》ってのも大変なんだね。ま、顔だけじゃないんだろうけど」

関原は含《ふく》みを持たせた言い方をして、意味ありげに笑っていた。

亡くなった母親ゆずりの顔立ちは、女性的というわけではないが、綺麗で整っていると言われることが多い。身長もあまり高くはないし、とっくに成人しているのに体格のほうもいまだに少年ぽいままだ。この容姿も原因の一つだということは自覚しているので、深里は何も言わずにグラスの水を飲んだ。

「女の人にもウケがいいよな。可愛いとか言われてさ。そのへん担当の人もわかってるみたいだよ。今日もあんただけは指名だって、母さん言ってた」

「ま、お客は女性ばっかだろうし」

今日の仕事は、ホテル主催のテーブルマナー講習会だ。実際にフルコースディナーを食べてもらいながら学んでもらおうという趣旨《しゅし》だそうだ。テレビでもおなじみの有名シェフが料理をプロデュースするということもあってか参加者は予想外に多く、予定ではおよそ百五十名だと聞いている。今回でこの企画は三度めだが、確実に回を追うごとに参加者は増えていた。

深里たちの仕事内容は、ようするに給仕《きゅうじ》だ。用意されたスーツを着て、蝶《ちょう》ネクタイをして、皿を運ぶのだ。

「ちょっとした披露宴《ひろうえん》並ですよね」

「最初は七十人くらいだったって？」

「はい」

この場で初回からスタッフとして入っていたのは深里だけだった。

「母親に聞いたんですけど、リピーターが多いらしいっすよ」

「なんで講習会なのにリピすんだろうな。だって料理が違うだけだろ？　あ、シェフがそのたびに違うからか？」

「そうみたいです。有名どころばっかだし、今回なんかは予約取れないんで有名なとこの人らしいし」

会話はいったんそこで中断した。飲みものが運ばれてきたからだった。

愛想のないウェイターが去っていくと、深里はコーヒーカップを手に取った。クリーム色で厚手の、これも年季を感じさせるカップだ。だがコーヒーは意外なほど美味《うま》かった。

それから間もなくして、関原が店の入り口のほうを見て、軽く手を挙《あ》げた。

「来た来た」

遅れてきた男――稲本《いなもと》は、関原の隣にすとんと座った。

「悪い。電車乗り越した」

「寝てたんですか？」

尋ねた卓斗の前に、注文したカツカレーが運ばれてきた。深里はコーヒーだけだが、卓斗はとても腹がもたないと言ってこれを頼んだのだ。これから自分たちが運ぶことになるフランス料理と比べると、ずいぶんと値段に差がある一皿だった。

稲本はそれを見て、同じものとコーヒーを注文した。そうして手にした週刊誌を、ばさりとテーブルに置く。

「これ読んでたら、夢中になっちゃってさ」

すでに週刊誌は開かれていて、記事の見出しが目に入った。

飛びこんできた「詐欺《さぎ》」の文字に、どきっとした。だがそれを表に出すようなことはしない。

どうでもいいように鼻を鳴らし、コーヒーを飲むことくらい、深里にとっては造作《ぞうさ》もないことだった。

「詐欺事件？」

関原が見出しの一部を読んだ。問うようなその口調と表情があまりにも白然なので、深里は密《ひそ》かに舌を巻く。

さすがとしか言いようがない。役者志望の話が真実であれ偽《いつわ》りであれ、彼に演技力があることは間違いなかった。

稲本はちらっと深里の顔を見てから口を開いた。

「まぁ、預託金《よたくきん》詐欺だな。会員制リゾートを餌《えさ》にして、会員権に金を払わせるやり口なんだ。一室あたりの会員数は十人以下で施設《しせつ》が使いやすいってのが売りだった」

「ふーん。それって、いくらすんですか？」

食べる合間に卓斗が言うと、稲本は大きく頷《うなず》いた。

「入会金は二百五十万。で、会員資格の保証金っていうのが一千五十万だから……合計で一千三百万」

「げっ、一千万！」

「一応、保証金っていうのは十年据《す》え置きで、無利息《むりそく》で退会するときに返金《へんきん》するってことになってたらしい」

「ああ……返ってくるって思ったら、安心しちゃうよな」

「そう。この会社は説明会も開いたし、パンフレットなんかも作って、雑誌に広告まで載せてた。ところが入会金を集めた後、着工する前に会社は倒産」

「え、それって詐欺になんの？」

「作る気もないのに金を集めて計画的に倒産したら、立派な詐欺だろ」

「あ、そっか」

積極的に食いついているのは卓斗だったが、ここでようやく関原が口を開いた。

「それで、どれくらい、だまされてんの？」

彼は興味を持ったというような顔で尋ねているが、実のところはわからない。探《さぐ》りを入れている可能性もあった。

何しろ稲本も、目的があってオフィス大塚に入ってきた男なのだ。だが関原が深里にとって味方であるのに対し、稲本は警戒しなければいけない相手だった。なぜなら彼は、片瀬理人を追っているからだ。

ジャーナリズムなのか強請《きょうせい》目的なのかはいまだ不明だが、稲本は詐欺師であった片瀬のことを暴《あば》きたくて仕方ないらしい。そして関原という男は、その片瀬から深里のお目付《めつけ》役として密かに遣《つか》わされているのだった。

関原の正体を知らない稲本は、ただの同僚の純粋な質問に答えようと、真剣な面持《おもも》ちで誌面を指差した。

「被害者がだいたい五十人ちょいだって書いてあるから……」

「五十人！　なんだそれ」

卓斗は素《す》っ頓狂《とんきょう》な声を上げたが、関原は眉《まゆ》を上げただけだった。

「ってことは、七億に届かないくらいかぁ……。こういうのって、実際のもうけってどれくらいなんだろうな。だって元手がかかるわけだろ？」

「関原、変なこと気にするんだな」

「いやだってさ、売り上げから全部の経費引いたのが本当の利益じゃん。人件費とか広告費とかいろいろ金かかってそうだし、土地もあったみたいだし」

「っていうか、なんでそんな大勢だまされちゃってんの？」

卓斗のほうは、ひたすら五十人という人数にこだわっているようだ。深甲も同意見だが、それなりの「仕かけ」をしたのだろうなと密かに納得もしていた。

稲本は詐欺グループの用意した建設予定地について説明を始めた。

詐欺グループとして記事にされている会社は、那須《なす》の一画《いっかく》に三万平米近い土地を用意したという。そして今後は那須だけでなく、北海道から沖縄まで全国に施設をオープンさせていく……などと謳《うた》っていたようだ。もちろんホームページもあり、もっともらしく完成図のＣＧが載せられていた。

「へぇ、実際に土地を用意したんだ。やっぱ元手かかってるじゃん」

「本当に土地まであったの？　そういうもんなの？」

卓斗が目を丸くしていたので、深里も感心したふりをしてみせた。しかしながら、そんなことは驚くに値《あたい》しない。一から十まで嘘《うそ》や偽物《にせもの》ではなく、一部に真実や本物を含ませるのがコツなのだと、片瀬も言っていた。

「その土地っていくらぐらいするんですか？」

一人だけ黙っているのもどうかと思い、深里は初めて口を開いた。すると稲本が、さっと視線を向けてきて、妙な間を置いてから答えた。

「だいたい二億三千万だそうだ」

「げっ……だますために二億……？」

卓斗はスプーンを持ったまま唖然《あぜん》としている。食べることを完全に忘れてしまったようだった。

「ははぁ……なるほど。まぁそうだよな。二億以上なんて言われたら、餌とは思わないでご馳走《ちそう》だと思うよな」

「いやでも、それってほんとに詐欺なんですか？　なんか失敗して倒産しちゃったんじゃないんですか？」

「それそれ。二億の効き目は、それなんだよ」

稲本は薄く笑った。

高い餌の効果が絶大だということは、卓斗の反応でも証明されている。ましてだまされた人間は、自分がだまされたと思いたくないばかりに、余計に信じてしまう傾向があるという。

そうして五十人もの人間がだまされたわけだった。

話を聞いているうちに、深里の動揺は跡形《あとかた》もなく吹き飛んでいった。

この仕事は片瀬じゃない。彼ならば、五十人もの人間をだまして、七億弱ですませるはずがなかった。まして今回の被害者は、退職金をつぎ込んだ夫婦や、少しばかり余裕がある普通の会社員、あるいは自営業主といったあたりだ。明らかに片瀬がターゲットにしてきた人間たちとは違っていた。

「五十人もいたのに、なんで誰もあやしいって思わなかったんだろ」

「それだけ巧妙《こうみょう》だったってことじゃないの」

「だけど一千万以上も出すなら、もっと慎重《しんちょう》になれよって思うんですよね。理解できないなぁ……」

考えられないとばかりにかぶりを振る卓斗に、稲本は身を乗りだして言った。

「一人で十億も二十億もだまされたやつだっているんだよ。別の事件での話だけどね」

「えーっ、なんだそれ、おかしいよ……！」

「そういう詐欺師もいるってことだよ。もう引退してる……って噂もあるけど、本当かどうかは知らない」

稲本の視線が深里に向けられた。そこに意味があることを知っているのは、卓斗以外の全員だ。どうやら稲本は、片瀬が足を洗ったという話を信用していないらしい。

（ま、微妙だしな……）

信じないのは無理もない。辞《や》めたと言っていたくせに、ODAの制度を利用した、あやしげな金の流れを作りだしているし、つい先頃は何十億もの投資《とうし》詐欺事件を指揮《しき》していた。本人曰《いわ》く、前者は違法ではない――ただしグレーゾーンだ――し、後者はただの「礼」なので、仕事ではないと詭弁《きべん》を吐《は》いていたが……。

とにかく恋人の深里ですら、片瀬が本当にもう詐欺師ではないのか否《いな》か、よくわかっていないのだった。

「興味ない？」

いきなり言葉を投げかけられて、深里は我《われ》に返る。稲本はようやく直接ぶつかって反応を見る気になったのだろう。

「そんなことないですよ。ちょっと驚いちゃって……」

「だよな？　信じられないよな？」

この場で一人だけ何も知らない卓斗が、深里に同意を求めた。

黙って頷く深里の気持ちに嘘はなかった。

驚いてはいなかったが、信じられないとは思っている。どうして倒産するまで、誰も気づかなかったのだろう。関原が言ったように手口が巧妙だったのかもしれないが、本当に何も不自然なところはなかったのだろうか。

だまされるほうが悪いという理屈に、深里は納得してしない。それでも、片瀬という男を嫌うことはできないのだ。いや、すでにあの男は深里にとって、好きとか嫌いとかいう次元で考えられる存在ではなかった。

ふう、と溜め息をつき、深里は冷めかけたコーヒーを口にした。さりげなく様子を窺《うかが》っている稲本の視線には、気づかない振りを決めこんだ。

仕事を終え、あてがわれたロッカールームに戻ってきたのは、九時少し前のことだった。他の会社からも派遣されてきているので、室内はかなり人口密度が高くなっている。

深里は手早く着替えをすませ、外へ出た。それから携帯を見ると、着信が一件とメールが二件入っていた。

メールは二件とも友人からで、電話は片瀬だった。メッセージは残っていないが、かけ直さないとうるさいのでボタンを押した。すぐ近くに関原がいたが、彼は彼で携帯電話を弄《いじ》っていた。

帰り支度をすませたスタッフたちが、次々と出てくるのを見ながら、呼び出し音を聞いていると、比較的すぐに声が聞こえてきた。

『終わったのか？』

淡々とした、温度を感じさせない口調は、電話越しでも変わらない。だが、いまさら気にもならなかった。

「うん。で、何？」

『いま、このホテルの駐車場にいる。地下三階の東側だ。食事に行くから来なさい』

「あー……」

相変わらず神出鬼没《しんしゅつきぼつ》だ。いきなり呼び出すのは今に始まったことではないが、まさか迎えに来ているとは思わなかった。場所を知っていること自体は、関原がいる以上は不思議でもなんでもないが。

『わかったのか』

「はいはい。今から行きまーす」

言い終えるや否《いな》や、深里はすぐさま通話を切った。うっかり返事を二回繰り返したことに気づいたからだ。あのまま通話を続けていたら、間違いなくいつもの注意が飛んできたことだろう。

「デート？」

「……そうですよ。あんたのボスとね」

「なんのこと？」

関原は空《そら》とぼけて笑い、携帯電話をしまった。

だが事情がわかっている関原しかいないのは都合がいい。卓斗と稲本が出てくる前に、深里はその場を離れた。何も言わなくとも、先に帰った理由は関原がもっともらしく説明してくれるはずだ。

三階からエレベーターで一気に地下三階まで下りる。指定された場所に、見慣れた車が止まっていた。

深里は助手席に身体を滑《すべ》りこませ、シートベルトを締《し》めながら、運転席を見やった。

「唐突《とうとつ》だよな。今朝は何も言ってなかったのにさ」

「用事が早く終わって、時間ができたんでね」

「あ、そう。そりゃご苦労さま」

一体なんの用事やら、だ。どうせ経営コンサルタントのほうは開店休業状態だし、ＯＤＡのための新しく興《おこ》した会社は、役員に名を連ねているものの、基本的には人に任せているはずなのだ。

相変わらず得体《えたい》の知れないこの男には、深里の皮肉など微風《びふう》にしか感じないのだろう。涼《すず》しげで理知的な横顔は、作りものみたいに少しも動くことはなかった。

性格以外はこれといって欠点のない男だと、つくづく思う。欠点どころか、どこを取ってもハイレベルといってもいいくらいだ。なのに、深里は片瀬へ秋波《しゅうは》を送る人間を見たことがなかった。外を歩いたり店に入ったりすれば、いろいろと視線が送られてくるのだが、そこに熱が込められていることはまずない。

近寄りがたい、なんていう言い方は、まだ可愛いほうだ。片瀬の場合は、近づくことすら許さない雰囲気を醸《かも》しだしている。無機質さすら感じさせるから、相手のセクシャルな部分を刺激することもないのだろう。

深里に触れてくるときは、生身の人間らしい部分も、ちゃんと見せるのだが――。

「なんだ？」

「……別に。腹減ったな……って思ってさ」

車はホテルを出て、夜の街を走った。ふと夕方の話を思いだし、深里は動かない横顔に向かって言った。

「そういえば、リゾートマンションの会員権で詐欺があったんだってな」

「ああ……稲本あたりが何か言ってきたのか？」

「まぁね。いつもみたいに探り入れてきただけ。で、なんか知ってんの？　あんたは噛んでねぇよな？」

「当然だ」

ふんと鼻を鳴らし、片瀬は不愉快そうな目をした。その気になれば感情など完璧に抑《おさ》えられる男なので、今のは故意に見せたのだった。自分が関わっているはずがないだろうと、その目が告げている。

その様子に安心しながら、深里はさらに問いを重ねた。

「首謀者《しゅぼうしゃ》がどこの誰とか、あんたは知ってんのか？」

「一応」

「ふーん……知りあい⁉」

「不本意ながらね」

「げ、マジかよ。まさかと思ってたけど、ほんとに知りあいなんだ……。それって、あんたの顔が広いってことなのか？　それとも、あの業界が狭いってことなのか？」

「たまたまだ」

「どうだか」

片瀬の言うことなんか、どこまで信用できるかわかったものじゃない。だが今回の事件に無関係というならば、そんなことはどうでもよかった。

車は二十分ほど走り、別のホテルの駐車場に入っていった。オープンしてからまだ十年と経っていないビルの高層階を占めるホテルで、深里も何度か食事のために訪《おとず》れたことがあった。

ここに入っている和食の店は京都の老舗《しにせ》料亭だ。ラストオーダー前ではあったが、時間的なことを考えて、一品料理をいくつか頼むだけにした。

（泊まるのか……）

酒を頼んだ片瀬を見て、深里はそう思った。

詐欺なんていう犯罪行為をしていたくせに、この男は妙なところで法律を遵守《じゅんしゅ》する。平気で嘘をつくくせに、時間を始めとする約束ごとは守れと言うし、本物の銃なんか持っているくせに、暴力は好きじゃないと言う。

矛盾《むじゅん》だらけの男だ。

「なぁ、さっきの話だけど……」

深里はさりげなく周囲を窺《うかが》い、近くに人がいないことを確かめてから、車中での話を蒸《む》し返した。

「まだ何かあるのか？」

「いや、ただの興味。あの事件って、あんたから見てどうなわけ？」

「どう……とは？」

「なんていうか……言い方はおかしいかもしれないけど『デキ』としてさ。あんたって、妙にこだわるじゃん。完成度っていうか、スマートさっていうか」

深里は片瀬の涼しげな顔をじっと見つめて問いかけた。

この男は金儲けのために詐欺を働くわけではない。そもそも片瀬家には資産があり、一生食うに困らないだけのものがある。彼にとって詐欺はゲームだし、簡単にだませる相手から少額を取っても、まったく面白くないのだという。だから搾《しぼ》り取るような真似もしない。それはスマートなことではないからだった。

片瀬は少し間を置いて言った。

「派手に動いたわりには、実入りが小さい……というところかな」

「やっぱそうなんだ。そいつらって、捕まりそうなのか？」

「警察や検察次第だ」

「またそういう……」

曖昧《あいまい》なことを言って煙《けむ》に巻く気かと、深里は溜め息をついた。だがすぐに片瀬は続きの言葉を口にした。

「施設を作る気がなかったことを、立証しなくてはならないからね。それに首謀者は表だって動いていない」

「あんたと一緒だな」

何気なく言うと、片瀬はわずかにいやそうな気配を滲《にじ》ませた。あるいは迷惑がっているといった感じだろうか。どうやら彼は今回の事件が気に入らないようだった。

片瀬がどう思おうが、深里には関係ない。その首謀者とやらが捕まろうと知ったことではないし、むしろ被害者のことを考えたら捕まってしまえ、とも思う。これがもし片瀬の仕事だったら、とてもそんなふうには思えないが。

(勝手なもんだよな……)

たとえ深里自身が詐欺に関わっていなくても、気持ちの上では共犯だ。とっくの昔に、そういう心がまえはできていた。

片瀬はとうとう、深里を関わらせなかったけれども。

「上《うわ》の空だね。今日はどうかしたのか?」

「んー……別に。ただ さ、あんたの基準って、わかんねぇなーっと思って。善悪《ぜんあく》も含めて、いろいろ」

「善悪で物事を考えたことはないよ。基本的には興味のあることだけをして、不快なものは遠ざける。人も同じだ」

「何それ、わっがまま」

「違いない」

くっと笑って、片瀬は口の端《はし》を上げた。深里の言葉などは、最初からまともに受け止める気がないのだ。

ムッとしてそっぽを向いていると、片瀬が動く気配がした。

「もういいなら、行こうか」

「ああ……うん」

立ち上がる片瀬に続いて、深里も席を立った。店を出ると、予想通り片瀬は地下へ行くことはせずに、エレベーター内でカードキーを差しこみ、三十七階で下りた。このキーがなければ、停止しないシステムだった。

「特別フロア……？」

深里は周囲に目配り、小声で尋ねた。他に人の姿はないとはいえ、もし人が通りかかったときに、みっともなく映らないように気を遣《つか》った。

ホテルの特別フロアには何度も足を踏みいれたことがある。エグゼクティブフロアだとか、なんとかクラブだとか、名称はホテルによって違うが、専用キーでなくては入れないフロアというものは何度も経験している。

だが、ここは少し様子が違うようだ。初めて泊まるホテルだから絶対とは言えないが、エレベーターホールには監視カメラがあるし、インターホンつきのゲートはあるしで、やけにセキュリティが厳重だ。ドアの数も極端に少ない。

「……何ここ？」

「レジデンスだ。ホテル内にある長期滞在用の部屋だと思えばいい」

「はぁ……」

片瀬に続いて一室に足を踏みいれると、いわゆるファニッシュドルームであることがよわかった。家具付きの部屋というわけだが、モデルルームというよりは、やはりホテルらしい印象だ。

ベッドルームにリビング、ダイニングとキッチン、そしてバスルームというレイアウトで、かなり広くできていた。大きく取った窓にはカーテンが引かれていて、せっかくの景色も見えない。

「ルームサービスも頼めるが、作りたければ自分で作ることもできる。ベッドメイクとハウスキーピングは週に二度だが、ホテルのホスピタリティはおおよそ受けられると思っていい」

「ふーん……。相変わらず、どこに隠れ家があるか、わかったもんじゃねぇよな」

詳《くわ》しいことはわからなくても、ここがいきなり押さえられる部屋じゃないことはわかる。ずっと前から、片瀬はここを借りていたのだろう。

「で、なんで今日はここにしたわけ？」

この部屋の存在を隠す理由はないのだろうが、わざわざ深里を連れてきたからには、それなりの理由があるはずだった。

革張りのソファに座って睨《にら》むように見上げると、片瀬は肘《ひじ》かけの部分に浅く座り、深里に手を伸ばしてきた。

髪に触れる手だけが、妙に優しげだった。

「しばらく、ここにいなさい」

「……は？」

「おまえの私物はある程度、運びこませた」

「私物って……」

深里は片瀬の手を払い、立ち上がってベッドルームに駆けこんだ。クローゼットを開けると、ずらりと深里の服が並んでいた。バッグや靴といった装飾品から、CDやDVDなどのソフト、読みかけだったりまだ開いていない本まで運びこまれていた。

「どういうことだよ……！」

ベッドルームの入り口に戻って怒鳴るが、片瀬はきわめて涼しい顔でネクタイを緩《ゆる》め、スーツの上着を脱いでいた。

質問に答える代わりに、彼は言った。

「足りないものがあれば言いなさい。持ってこさせるよ。くれぐれも、マンションには戻らないことだ」

淡々とした口調に、深里の頭は急速に冷えていく。いや、口調とは関係なく、言葉自体に引っかかったのだ。

「戻るなって、どういう意味だよ」

「言葉通りだ」

「なんでそう一方的なんだよ。説明もなしに、はいそうですかって、従えるもんか。理由を言えっての」

深里はきつく片瀬を睨みつける。だがこんな視線や言葉など、片瀬にはまったく通用しないことも十分にわかっていた。

相変わらず肝心《かんじん》なことは教えてくれない男だ。戻るなと言い、こんな部屋にまで連れてきたからには、何か理由があるはずなのに。

片瀬はゆっくりと立ち上がり、深里に近づいてきた。威圧感さえ漂わせて見下ろしてくる顔は無表情だった。

「監禁されたいのか？」

「な……」

目を瞠《みは》り、思わず身体に力が入った途端に、ふっと片瀬は表情を和《やわ》らげた。といってもほんのわずかだったが、空気が変わるには十分だった。

からかうように、片瀬は言う。

「まぁ、それほどの事態ではないんだがね。ただマンションには近づかないほうがいい、というだけだ」

「だからなんで？」

「理由は近いうちにわかる。それ以上は言えない。第三者には情報を漏《も》らさない約束なんでね」

「……ふーん」

気分は晴れないが、納得はした。

まったくもって変なところで律儀《りちぎ》な男だと思う。だがそういった彼なりのルールが、片瀬を裏の世界で成功させてきたのだろう。何から何まで信用できない人間では、人を集めて使うこともできないだろうから。

深里は嘆息《たんそく》した後、小さく頷いた。

「わかったよ。で、一つ訊《き》きたいんだけど、危険なことでもあるのか？」

「いや。どちらかと言えば、面倒なことになりそうだから……かな」

「ああ……そういうことか」

深里は肩から力を抜き、ベッドに腰かけた。

最初からそう言えばいいのに、この男は故意にことを荒立てたがっているとしか思えなかった。おそらくは、深里限定で。

ドアが閉められた音がして、片瀬が近づいてくる。

ベッドルームのドアを閉めた理由なんて、尋ねるまでもなかった。

「シャワー浴びたいんだけど」

「後でいい」

「あ、そう。そっちがいいなら、いいけどさ……」

まだ汗ばむような季節ではないし、今日は移り香《が》がつくような人も、ものもなかった。深里だったらそれでもシャワー後がいいんじゃないかと思うのだが、実際に肌に口をつける本人がいいというのだから、こちらがとやかく言うことでもなかった。

片瀬が眼鏡を外して、サイドテーブルに置く。

ことりという音は、静かな室内に大きく響いた。

隣に座った片瀬は、深里を引きよせて唇を重ねると、舌を絡《から》めてきた。

もう何度もしたかわからないキスだが、深いキスを初めてしたのは、実はそれほど前のことではない。こういうキスをするより前に、深里は身体を弄られることを覚えてしまったのだ。いや、覚えさせられたといったほうがいい。

約五年もの間、身体を繋《つな》ぐことをしないまま、この身体は片瀬の一方的な愛撫《あいぶ》だけを受けていた。深里にとってはあまり思いだしたくない五年間だった。

「何を考えている……？」

「……昔のこと……」

「楽しいのか？」

「いーや、全然」

深里は自《みずか》ら服を脱ぎつつ、吐き捨てるように言った。

「だったら考えるのはやめなさい」

手を取られてベッドに押し倒され、深里は恋人である男の重みを受け止める。心地よい重みだ。

身体を這《は》いまわる手に、肌をすべる唇。

慣れた身体は愛撫の一つ一つを拾い、少しずつ熱を溜《た》めていく。なんでもないところが、片瀬に触られると感じる場所へと変わるのだ。

「あっ……ん」

首から鎖骨《さこつ》、胸へと下りていった唇が、乳首を捉《とら》えてキスをした。温かな口腔《こうくう》に包まれ、舌をねっとりと絡められると、勝手に声が出てしまう。

キスで目覚めさせられた快楽が、ざわざわと騒ぎ始めた。

口で胸を攻められながら、指先で下腹部をまさぐられ、深里は甘い喘《あえ》ぎをこぼした。巧《たく》みな指や舌先は、どこをどうしたら深里が乱れるかを知りつくしている。

触れられているところから溶けだしていってしまいそうだった。

命令されるまでもなく、それからすぐに深里は考える余裕をなくしていった。

「んー……」

まぶしくて、深里は逃げるようにして顔を背《そむ》けながら、ゆっくりと目を開けた。

薄暗い室内には、強い光が差しこんでいる。それをぼんやりと眺めているうちに、ここがどこだかを思いだした。

「ああ……そっか」

昨晩、片瀬に連れてこられたレジデンスの一室だ。わずか五センチほど開いたカーテンの隙間から、朝日が入ってきているのだ。遮《さえぎ》るもののない太陽の光は、目覚ましの一撃には十分だった。

深里は上体を起こし、広く空《あ》いたベッドのスペースに手をやった。

ぬくもりはない。目を覚ましたときに片瀬がいることなど滅多《めった》にないのだが、今日もとっくに起きていった後らしい。

深里はベッドから抜け出し、椅子の背にかけてあるバスローブで全裸の身体を包んだ。

自然と溜め息が出てしまうのは、身体に残る倦怠《けんたい》感のせいだ。抱かれることには慣れているはずだが、やはり度がすぎる行為の後はつらいものだった。

お仕置きの意味でもない限り、それほど無茶なことはされないのだが、昨夜は妙にくど

かった。前戯《ぜんぎ》も焦《じ》らすように長ければ、身体を繋げていた時間も長かった。久しぶりというわけでもないのに、なんだったのだろうか。

「しつこいってんだよ。ねちねちねちねち……」

少しばかり大きな声で呟きながらベッドルームを出たのは、片瀬がいれば聞かせてやろうと思ったからだ。

しかしその姿はどこにも見あたらなかった。

深里は初めて時計を見て、いないのは当然かと納得した。何をしているのかは知らないが、興した会社にも頻繁《ひんぱん》に顔を出しているようだし、きっと真《ま》っ当《とう》な人間のように「出勤」していったのだ。

一人になると、広さをますます実感してしまう。

「……腹減ったな……」

呟いてキッチンに入ったが、食材は何もなかった。必要ならば自分で買ってこいということだろう。

ルームサービスという気分でもなくて、深里は外へ食べに行こうと決める。せっかくオフなので、そのまま買いものに行くのもいい。

深里は着替えるためにベッドルームに戻り、手早く服を選んだ。クローゼットには運びこまれていた私物が袋に入っていくつも並んでいて、深里は出かける前にそれらをチェックした。

なるほど、必要と思われるものは、あらかた持ちこまれていた。足りないものは、今のところはなかった。

「けど……まだ読んでないって、なんで知ってんだよ。薄気味悪ぃなぁ」

読みかけや未読《みどく》の本だけが、きちんと袋に入ってここにある事実に、深里は引きつった笑いを浮かべた。

何をどこまで把握《はあく》されてしまっているのか。深く考えると、気持ち悪いを通り越して恐ろしくなってくる。

深里は気を取り直して身支度をすませ、リビングのテーブルに置かれていたカードキーを持って外へ出た。一度、ホテルのフロントを通らなければいけないのが面倒だったが、その分、片瀬としては安心なのだろう。あるいはこのホテル内に、片瀬の「知りあい」がいることも考えられる。

朝といっても九時半を少しまわったところだ。深里は通りかかったコーヒーショップに入り、サンドイッチとコーヒーで朝食をすませた。

（こっちのほうが落ち着くよなぁ）

にぎやかな店内の身を置いていると、ほっとする。いつまであのレジデンスにいればいいのか知らないが、あそこはくつろげなくて困る。ホテルとマンションの中間のようなものなのだろうが、深里にとっては前者の印象だった。マンションと違って、自分の居場所という感じがしない上、あまりにも静かだ。

そのまま深里は読みかけの本を開き、最後まで読んでから店を出た。買いものをしようと思っていたが、すっかりその気もなくなったので、暇《ひま》つぶしにと、差し入れの押し寿司を手に、経営コンサルタントに顔を出した。片瀬が大学卒業後に道楽で開き、今は開店休業状態の事務所だ。

「こんにちはー」

「お、いらっしゃい」

留守《るす》を預かる赤沢《あかざわ》は、すぐに深里の手元を見た。ちょうど昼時ということもあり、期待に満ちた目をしていた。

「これ、鯖《さば》寿司」

「ご馳走《ちそう》さん。深里くん、相変わらず可愛いね。可愛いついでにお茶いれて」

「はいはい」

片瀬よりもいくらか年上だという赤沢は、今日も今日とて調子がいい。深里にとっては、片瀬以上に何を考えているのかわからない相手だった。

年々むさ苦しくなっていく赤沢と初めて会ったのは、今から八年ほど前だ。ある件で深里が事務所を訪ねたとき、留守を預かる社員として応対してくれた。それから三年後、今度は社員同士として再会し、それからはほぼ毎日顔をあわせていた。

深里は高校を卒業してから約二年、ここで事務員をやっていたのだ。だがやることなんて、たまの来客に茶を出すくらいで、実際は日がな一日遊んでいた。あれは無駄な日々だったと、思いだすたび深里は恥ずかしくなる。あの頃に比べたら、今の自分は実にまともだと思うのだ。

「はい、お茶。粉末のやつ、ちょっと濃い目」

「おおー、いいねぇ。どうしたのこれ。買ってきたの？」

「ホテルに持って帰ろうと思ってさ。茶殻《ちゃがら》が出ないから面倒ないし。知ってんだろ？　昨日から、マンション戻るなって言われてんの」

「へぇ」

初めて聞いたような顔をしているが、本当かどうかはあやしいものだ。理由を問わないのは、たんに興味がないせいかもしれないが、事情を知っているせいかもしれない。

赤沢は寿司を口に入れ、あまりよく噛まないうちに茶で流すようにして呑《の》みこんだ。それから天気の話でもするように、さらりと、だが唐突に言った。

「あ、そうだ。明日からさ、ここしばらく閉めるから」

「は？」

「だから、来ても誰もいないからな」

そうしてまた寿司を口に放りこむ。

「な、なんで？　俺がホテルに移ったことと、関係あんの？」

「さぁ。俺はそうしろって言われてるだけだからさ。君の旦那《だんな》に。知りたかったら、直接訊きな」

赤沢はにやにやと笑いながら、箸《はし》で深里を指《さ》した。深里が片瀬の前でそんな真似をしようものなら、間違いなく叱責《しっせき》ものだ。

とにかくこれ以上は尋ねても無駄らしい。危険はないと言っていたから、深里にできることはおとなしくしていることだけだ。さすがに何度も勝手に首を突っこみ、危ない目にあってきたので、教訓は生かすことにした。

「なぁ、一つだけ質問。答えられなかったら、答えなくていいからさ」

「どうぞー」

「今の片瀬ってさ、黒？　白？」

深里が知る限り、赤沢が一番片瀬の仕事のことを知っているはずだった。いつもとぼけてはいるが、本当は切れる男なのだ。

赤沢は寿司を一切れ口に入れ、今度は時間をかけて呑みこんでから、茶をすすった。

「黒から白へのグラデーションかねぇ」

「何それ……」

「まだ時効が成立してないのが、いくつかあるからね。去年の暮れのは、絶対にこっちには辿《たど》り着けない。ＯＤＡもセーフ。だから、もう少ししたら白くなるよ」

「でも二度とやらないとは限らないよな？」

「やんないでしょ」

いとも簡単に赤沢は言った。話す間も彼の箸は止まることがなく、すでに寿司は半分以上なくなっている。

「何を根拠《こんきょ》に言ってんの」

「根拠は君よ、君」

「俺……？」

「まだグレーゾーンに留《とど》まっちゃいるけど、深里くんのために黒エリアからは引いたわけだろ。旦那はさ、別に捕まってもどうってことないと思うのよ。片瀬家の名誉とか、そんなのもどうでもいい人だし」

「まぁ……そうだけど」

深里のためだということは、片瀬の口からはっきり言われている。気恥ずかしくてたまらなかったが、表面上はそっけなく頷いた。

赤沢は笑みをますます深くして続けた。

「深里くんが詐欺師の弟、って世間から言われて、仕事とか人間関係とかに支障来《きた》すのがいやなんだよ。それだけ。結構シンプルなんだよね、あの旦那。いやー、愛されちゃってるよな」

「っ……」

とうとう耐えきれなくなって、顔が赤くなってしまう。片瀬に会って、今の言葉を思いだしたら、挙動不審《きょどうふしん》になってしまいそうだ。

だがその心配は無用のものだった。

その日から、片瀬はぱったりと深里の前に姿を現さなくなったのだ。

十日という期間は、けっして長くはないはずだった。だがホテルのレジデンスで一人ですごす時間としては、いやというほど長かった。

深里は携帯電話を眺め、ぱちんとフラップを閉じた。

連絡は入っていなかった。

この部屋ですごした夜を最後に、片瀬とは会っていない。思いだしたように電話は入るが、それは一日おきだったり二日続けてだったりとまちまちだし、いつもそっけなく、変わったことはないかと尋ねてくるのみだった。片瀬は自分がどこにいるのかや、いつ帰るのかは、けっして口にしない。

そして深里からも、それらを尋ねることはしなかった。本当は知りたいのだが、口に出すのは難しかった。

尋ねたところで、どうせ教えてくれないんじゃないか。どこかで二の足を踏んでしまう自分がいた。

一緒に暮らすようになってから、片瀬がこんなに長く深里の元を離れたのは初めてかもしれない。深里が怒って出て行ったり、遊びに行ったりすることで、会わなかったことは何度かあったと思うが、片瀬から……というのはなかったはずだ。

溜め息は、しんとした室内に大きく響いた。

静かなのはよくないと、深里はテレビをつけてみた。ちょうど昼前のニュースをやっていて、どこかの現場でリポーターがマイクを持って話している。どうやらライブ映像のようだった。

「……あれ……？」

見たことがある建物に、深里の目は釘付《くぎづ》けになった。すぐに映像は切り替わってしまい、別の建物に捜査員らしき男たちが出入りしている様子が映ったが、深里の脳裏《のうり》には残像のように、一つ前の映像が残っていた。

慌《あわ》ててチャンネルを変えると、二つめで目的の画が出てきた。

「う……うち……だよな？」

見慣れたそのエントランスは、まさに十日前まで深里が毎日のように出入りしていたところだ。

東京地検特捜部だの関係箇所《かしょ》だのという言葉が聞こえてきた。画面端のテロップには、国土交通省官僚《かんりょう》・背任《はいにん》、と書いてあった。

「官僚……」

深里は思わず大きな息を吐きだした。あやうく寿命が縮まるところだった。もし「詐欺」なんていう文字があったら、パニックを起こしていたところだ。

じっくりニュースを見ていくと、どうやら官僚が情報を流していたという事件らしい。深里たちのマンションには、その官僚の知人女性――つまり愛人だろう――が住んでいるようだ。

「もしかして、これのせいか……？」

いくらなんでもタイミングがよすぎる。片瀬は強制捜査が入ることも、その女性が住んでいることも知っていて、だからこそ寄りつくなと言ったのではないだろうか。

「いや、絶対そうだって」

危険はないが面倒だと、片瀬も言っていた。捜査員が張りこんだり、捜査のために出入りする場所に、片瀬は近寄りたくなかったのだ。そしてこうやってカメラが入り、万が一にでも映りこんだりしないように。映ったからといって害はないはずだが、何がどう波及《はきゅう》するかわからないので、用心するに越したことはないわけだ。

「なんか納得……。そういうことかよ。……ちょっと電話してみよっと」

この強制捜査は十分に理由になる。

ボタンを押して片瀬の携帯電話にかけてみるが、呼び出し音を聞くことなく、すぐガイダンスが流れてしまう。電源が入っていないか電波が届かない場所にある……らしい。

溜め息をつき、今度は赤沢にかけてみた。だがこちらも呼び出すばかりで、一向《いっこう》に繋がらなかった。

「なんだよ、もう……」

深里は乱暴にフラップを閉じ、ごろりと横になる。それからしばらく考えて、片瀬の会社に電話してみることにした。今ならば、そこまでして連絡を取りたがっても許される気がしたのだ。

あれから十日も経ったのだし、強制捜査も入った。いつまでここにいればいいのか、そろそろ見通しは立ったかと、尋ねるつもりだった。

だが、返ってきた言葉に深里は啞然《あぜん》とした。

「辞《や》めた……って、いつですか？」

『今月末ということになっておりますが、すでにこちらには来ておりません』

深里も何度か会ったことがある女性社員は、困ったような口調でそう告げた。確かめようと思ったことはないが、おそらくこの女性も片瀬の正体を知っている。もちろん深里がどういう存在なのかもだ。片瀬は特に信用している者でないと、深里に会わせたり存在を教えたりはしないのだ。

「事情……とかは、無理ですよね」

『申し訳ございません』

「いえ、お忙しいところすみませんでした」

電話を切って、深里はソファに沈みこむ。

何がどうなっているのか、よくわからない。経営コンサルタントはしばらく閉めるというし、会社は退職したという。だいたい強制捜査で関係があるのは、マンションだけのはずではないか。

（何か別のことで動いてるんだ……）

あるいは起きている、と言ってもいい。それが何かは、到底《とうてい》わからなかったけれども。

「あーっ、ちくしょ」

深里はがばっと跳《は》ね起きると、そのままの勢いで外へ出て行く。ホテルのエントランスまで下り、タクシーで向かったのは実家だった。

祖母が何かを知っているとは思わないが、会ってこの状況を訴えたかった。

車の中で少し冷静になり、もしかしたら外出しているかも……と思いながら帰ると、実家には祖母がいてくれた。

「ただいま」

「お帰りなさい」

背筋《せすじ》がぴんと伸びた祖母の貴子《たかこ》は、突然の帰宅にもかかわらず驚いた様子も見せず、落ち着いた声と視線を向けてきた。

相変わらず一分《いちぶ》の隙《すき》もない。年は取っても、彼女には若い頃の美貌《びぼう》の色が窺え、世間的にも品がよく綺麗《きれい》なおばあさん……と思われていることだろう。

「今日は休みですか」

凛《りん》とした声に、深里は大きく頷いた。

「夕方から仕事。なぁ、片瀬が今どこにいるか知ってる？」

「姓《せい》で呼ぶのはおよしなさいと言っているでしょう」

「あー……はい。とにかく、知らない？」

「知りませんよ。理人がどうかしたんですか」

貴子は尋ねる口調ながらも、あまり興味はなさそうだった。深里は彼女が片瀬の心配をしているところを見たことがない。どうでもいいと思っているわけではなく、心配の必要がないと考えているからだ。これもある意味で信頼なのだろう。

「それがさ……」

深里は十日前のことから、ついさっきの会社の件までを、かいつまんで説明していった。さすがに何か思うところがあるだろうと思ったのに、貴子は興味なさそうな顔で、もっともなことを言った。

「理人がわけのわからないことをするのは、今に始まったことではないでしょう」

「そ……それは、そうなんだけど……」

「いちいち気にしていても疲れるだけです。放っておきなさい。何かあれば、どこからか話が入ってくるはずですよ。連絡はあるのでしょう？」

「昨日と今日はないけど」

真面目に答えると、貴子は少し呆《あき》れた顔をした。たった二日……と、その顔には大きく書いてあった。

急に恥ずかしくなって、深里は視線を逸《そ》らした。

貴子は頬に手を当て、ふう……と小さく溜め息をついた。

「理人のどこが、そんなにいいのかしらねぇ……」

気が知れない。貴子の心の声が聞こえてきそうだった。

「……俺もそう思う……」

「そういうところも、おまえは紗都子《さとこ》さんによく似ていますよ」

「へ？」

「おまえたちの父親も、ろくでもない男でしたからね」

「ば、ばあちゃん……」

自分の息子を捕まえて「ろくでもない男」と言い放つとは思わなかった。もちろん孫の一人――片瀬のことも同様に「ろくでもない」と言っているのだ。

深里たちの父親は、恋愛結婚をしたはずの片瀬の母親をほとんど顧《かえり》みず、深里の母の紗都子をはじめ複数の愛人を囲っていた。

確かにろくでもない男だったのだろう。父親を語れるほど、深里は多くを知らないが、女性にだらしなかったのは確かで、それだけにとても魅力的な男だったらしい。ろくでなしのタイプは違うが、父子ともに問題ありなのは間違いなかった。

「今日は何時から仕事なんですか」

　いきなり話を変えられて、深里は面食らいながら四時に入るのだと答えた。

「結婚式の二次会のスタッフなんだ。俺、着付けできるから重宝《ちょうほう》がられてんの」

「よかったこと。理人からも、少し話を聞いていますよ。なかなか評判がよくて、お馴染《なじ》みさんもたくさんいらっしゃるそうね」

「まーね」

　お馴染みさんという言葉に思わず笑いながらも、深里は頬を緩めて頷いた。

　深里に指名が多いのは確かだ。社長の大塚も、評判がいいしリピートが多いと褒《ほ》めてくれる。そして片瀬がそんなことを知っているのは、関原あたりが耳に入れているせいなのだろう。

　今日の仕事先も祖母が言うところのお馴染みさんのところだ。片瀬と因縁《いんねん》がある――というよりも、一方的に片瀬を敵視していて、どこまで本気か知らないが深里を落とそうとしている男のところだった。元検察官という肩書きを持つ松永《まつなが》という男は、もともと片瀬家との付きあいがあった家の子息《しそく》で、今は都内にあるプチホテルを任されている。

　松永が深里を狙っていることは、オフィス大塚の一部スタッフと、社長も知っていることなので、最初はかなり周囲も警戒していたが、最近ではそれも緩んできている。とりあえず問題行動がなくなったからだ。

もちろん、深里が隙を見せないようにしているおかげなのだが。

「夕方まで時間あるから、何かやることあれば言ってよ」

月に何日かしか戻らないのだから、たまの機会には尽《つ》くしておかなければ。深里は身を乗りだして、祖母の答えを待った。


華やかに着飾った客たちが、談笑しながらホテル内のレストランを後にしていく。

結婚式の二次会は滞《とどこお》りなく進み、ついさっきお開きとなった。今日の新婦は短大を卒業したばかりの二十歳で、そのせいか友人たちはいつになく振り袖《そで》率が高かった。おかげで深里は、何度か着崩れを直すために呼ばれた。

「お疲れ」

笑顔で客を見送っていると、いつの間にか隣に松永がやってきた。笑顔を客に向けながらも、小声で話しかけてくる。

「今朝は大変だったか？」

地検の強制捜査のことを言っているのはすぐにわかった。そういえばこの男は、以前は検事だったのだ。

「今はあそこにいませんから」

「へぇ、噂は本当だったのか」

「噂？」

「片瀬理人は、強制捜査の情報を摑んで、事前に恋人ごと姿をくらました……ってね。別に君は姿をくらましていないけどな」

「当たり前ですよ」

まったくどこでどんな噂が流れているのか。噂というものは無責任でいけない。かつて片瀬の愛人として認識されていた深里は、強くそう思った。片瀬の告白を聞くまでは、真実でもあったのだけれども。

今では異母《いぼ》兄弟であることや、正式に籍が入ったことも知られているそうだ。そして愛人の噂は、恋人に修正された。どのみち片瀬と肉体関係があることは疑われていないらしく、それについては深く考えたくない……というのが偽《いつわ》らざる本音だ。

「……あんた、何か知ってるんですか」

「少しね」

即答されて、深里は思わず視線を向けそうになった。だがまだ最後の客である二次会の幹事たちが残っている。彼らを送り出してしまわないことには、突っこんだ話もできないのだ。

少し離れたところからは、卓斗が心配そうにこちらを見ていた。

それから十分ほどして幹事たちを見送ると、松永のほうから深里に声をかけてきた。

「片づけはいいから、来てくれないか。大塚さんに送ってもらった表で、ちょっとわからないことが……」

「あ、はい」

方便《ほうべん》だとわかっていたが、深里は何食わぬ顔でレストランの隅《すみ》に行った。文字や表がプリントされた紙は本当に大塚が松永に寄越《よこ》したものだった。この場合、いくら社長の息子とはいえ、まだアルバイターの身分でキャリアも浅い卓斗ではなく、正社員の深里が呼ばれるのは自然なことだった。

それを二人で覗きこみ、もっともらしい形を作った。

「訊きたいことがあるんだろう？」

「そちらがご存じのことを知りたいんですけど」

とりあえず相手はクライアントなので、仕事中はそれなりの言葉を使う。これが仕事以外のときだったら、こうはいかない。

「君が知りたいことと同じかどうかは知らないよ。ただ、今回の背任に片瀬は関係ない。これは確かだ」

「そうですか」

「ただし、事前に捜査が入ることを知っていた。これも状況的に間違いないだろ？　ということはだ。片瀬は検察内に内通者を持っているんじゃないか……という疑いが浮上するわけだ」

「……ですよね」

そのあたりは深里も考えたことだ。今さら言われるまでもなかった。

「実は、あの官僚の愛人が君たちのいるマンションに引っ越したのは、つい先日のことだそうだ。ちょうど一週間前」

「それは……初耳です。でも、それほど重要なデータじゃない」

「だろうな」

「何を知ってるんですか？　こんな情報しか持ってないわけじゃないでしょ？」

余裕と自信に満ちあふれた松永の態度が、それを物語っている。もともと自信家なところはあったが、今の様子は何かを知っていて優位に立っているといった感じだった。もちろん、はったりという可能性もあったが。

松永は目を細めて深里を見つめた。

「片瀬は、とばっちりを避《さ》けたがっているんじゃないかな」

「とばっちり？　なんの？」

「ただでやれる情報はここまでだ。これ以上は、何か払ってもらわないと」

「払いますよ。何か……によるけど」

「もちろん、君自身で」

予想通りの答えを、深里は鼻で笑った。

「無理ですね。片瀬がうるさいし、俺もいやなんで」

不確かな情報のために、不快な取引をするつもりはない。いや、もし松永が持っている情報が確かだったとしても、乗るつもりはまったくなかった。

「じゃ、ご破算《はさん》だな」

「そうですね。ありがとうございました」

話はこれで終わりだ。深里は軽く頭を下げて、ホテルスタッフと合流し、テーブルや椅子を動かした。

黙々と働きながらも、頭の中は松永の言葉が繰り返し流れていた。

とばっちり。だがそれは強制捜査の話ではなさそうだ。では何か別の件で、片瀬は飛び火するのを嫌っているということになる。

だから経営コンサルタントを閉め、会社からも退《しりぞ》いたのか。

（……何が起きてんだ？）

電話が来たら、ストレートに尋ねようと思った。まともに答えてはくれないだろうが、とにかくぶつかってみるつもりだった。

「田村《たむら》さん、大丈夫？」

仕事のときだけ使っている旧姓で呼びかけながら、卓斗がやってきた。両手には重ねた椅子を持っていた。

「平気、平気」

「ならいいけど、セクハラには気をつけろって言われてるからさ」

どんな申し渡しだ……と引きつり笑いを浮かべつつ、深里は同じように椅子を運んだ。

心はここにあらずだが、単調な作業だから問題はなかった。

「えっ、それって行方不明ってことだよね？」

大きな目をさらに大きくして、松崎勇真《まつざきゆうま》は不安そうに言った。

ここは郊外の静かな住宅地にある、友人の家だ。正しくは友人の恋人の家だが、その恋人はさっきから黙って深里の話を聞いていた。片瀬と連絡が取れなくなったと聞いても、特に反応は示さなかった。

一方かなり動揺しているらしい勇真に、深里は慌てて手を振った。

「いや、そんな大げさなもんじゃないって。ただ、ここ何日か連絡がとれないっていうか、どこで何してんだかわかんないっていうか……まぁ、そんだけ」

なるべく軽い口調で言ってみたものの、勇真の表情は変わらなかった。この年下の友人は、心の底から片瀬の身を案じているのだ。

あの強制捜査があった日。仕事を終えて深里が携帯電話を見ると、片瀬からメールが入っていた。パソコンから送られてきたもので、内容はしばらく戻らないというものだった。捜査の件には少し触れた程度で、深里が知りたいようなことは何一つ書いていなかった。

それから五日。今日まで片瀬から連絡は一切《いっさい》ない。

深里は一人でレジデンスにいることに限界を覚え、仕事が三日間入っていないのを幸いに、ここへ逃げてきたのだった。

この広い家は、深里専用となった客間があり、食器から着替えから歯ブラシに至るまで、深里のお泊まり道具がすべて揃っている。片瀬が実家以外で、深里に一人外泊を認めた唯《ゆい》一《いつ》の場所なのだ。

「深里さん、心配って顔に書いてあるよ」

「別に心配なんてしてねーって」

「素直じゃないなぁ。片瀬さんがいないんだから、意地張らなくてもいいのに」

「や、ほんとに心配はしてないって。だって片瀬だぜ？　殺したって死な……あ、やっぱ殺したら死ぬのかなぁ？」

「死なないんじゃないか」

ぼそりと低い声が飛んでくる。冗談には聞こえなかった。

長岡信乃《ながおかしの》という名のこの男は、片瀬が一目《いちもく》置く数少ない相手だ。年もほとんど変わらないはずで、タイプは違えどかなりの美丈夫《びじょうふ》である。

信乃は性格も含めて、欠点らしい欠点がない男で、そのあたりが片瀬とは大いに違う。誠実で優しく、考え方も表現方法も歪《ゆが》んではいない。いろいろな意味で許容量が大きく、年の離れた勇真という恋人を、締めつけることなく包みこんでいるし、ベタベタした優しさは見せないものの、とてもとても大事にしている。

そんな信乃は、すでに身内という認識になった深里に対しても、労《いたわ》りと優しさを向けてくれる。だが片瀬に対してはどう思っているものか、結構容赦《ようしゃ》がない。ある部分では認めているらしいが、基本的には辛辣《しんらつ》なのだった。

「だよな。片瀬だもんな」

深里は大きく頷いた。

「そうだよ、大丈夫。心配するだけ損だからやめやめ」

「やっぱり心配してるんじゃん」

「だからしてねーって」

「だって今、心配って言ったよ」

「それは…………はぁ……」

不毛《ふもう》な会話だと気づいて、深里は言葉の途中で大きな溜め息をついた。確かに勇真たちの前で取り繕《つくろ》っても仕方ない。

そう、心配なのだ。どこで何をしているかもわからない恋人のことを、深里は確かに心配している。

「深里さん？」

「うん……ただの回避策《かいひさく》ならいいんだ。けど、もしまたデカイことしでかそうとしてるんだったら……って思うとさ」

身の安全に対してではなく、何かやらかすのではないか、という懸念《けねん》だ。それは突き詰めれば、失策を犯して逮捕される心配へと繋がった。

確率としては相当低いとわかっている。赤沢も言っていたし、片瀬の想いというものも、一応は理解しているつもりだ。

だから不安なのではない。心配なのだ。

「そうだよね」

勇真は神妙に頷き、気遣《きづか》わしげな目を向けてきた。深里のこの気持ちは、勇真にも覚えがあるものだから、余計に親身《しんみ》になってくれている。

信乃もかつては、裏の顔を持っていたからだ。

出会ったときに高校一年生だった勇真は、この春から大学生になった。第一志望の大学には見事合格したし、身長だってずいぶん伸びた。よく中学生に見られていたという少年は、今では深里より一センチほど大きくなっていた。

そして顔立ちのほうも、以前と比べると大人っぽくなった。ここ数年、ほとんど変わっていない深里にしてみれば羨《うらや》ましい限りだ。

「大丈夫だよ」

自信に満ちた顔で勇真は言った。相変わらず可愛いが、凛々《りり》しさも感じさせる顔立ちだ。

「何が？」

「深里さんがいるんだから、片瀬さんは無茶なことはしないよ。そういうところは、信乃さんと一緒だと思うし」

「……うん」

人に言ってもらえると、心が軽くなる。勇真の言葉は妙な説得力があるし、信乃が横で黙っていることは、その裏付けのように思えて安心できた。

「なんかさ、片瀬さんて、いつだって深里さんのこと中心に考えてるよね」

勇真はびっくりするようなことを平然と言ってのけた。こういうことは珍しくない。彼ほど片瀬という人間を、いいほうに誤解している人間はいないだろう。

反論する前に、畳《たた》みかけるようにして勇真は言った。

「だってそのホテルだって、深里さんの安全を第一にした……って感じだし。普通のマンションより安全そうだよね」

「むしろ監視するためなんじゃねぇの」

「またそういうこと言って」

「いや、マジ。だって出入り口にカメラとかついてるんだぜ」

「すごいよね。そういうホテルがあるなんて、全然知らなかった」

「俺だってそうだよ」

いい部屋だと思うし、便利ではあるのだろうが、いまだに深里は身の置きどころがなくて困っている。

「信乃さんは知ってた？」

「話としてはな。確か、七室しかないんじゃなかったか？」

「そんな感じ」

「どんな人間が住むんだろうと思ってたが……」

語る口元が少し笑っている。どうせ片瀬のことを過保護だなんだと面白がっているに違いない。

それから信乃は真面目な顔をして、深里に言った。

「ちょっと待ってろ。何か掴んでいないか、親父《おやじ》さんに訊いてみる。もしかしたら、何かわかるかもしれない」

信乃はそう言い置いて席を立つと、リビングを出て行ってしまった。

親父さんと彼が呼んだのは、家族ぐるみでの付きあいがある下田《しもだ》家の父親のことだ。この近くで不動産屋を営んでいて、二人の息子たちと信乃は幼なじみだ。下田親子にもまた裏の顔があり、特に父親は情報屋並にいろいろなことを知っている。

「そっか……もっと早く信乃さんに相談すればよかったな」

「そうだよ。おれたちに遠慮することないよ。片瀬さんには言えないことも、うらでは言えてるだろ？」

「かなり」

「早く戻ってきてくれるといいのにね。こんなに長いのって初めて？」

「いや、そういうわけじゃないんだけど……」

かつて、もっと長く会えなかったことがあった。深里が母親と暮らしていた頃はともかく、片瀬家に引き取られてから、一度だけ二ヶ月ほど片瀬が顔を見せなくなったときがあったのだ。

深里が引き取られた十一歳のとき、すでに大学生だった片瀬は実家を出て一人で暮らしていた。それでも月に何度かは実家に来ていたし、連絡自体はもう少し頻繁に入れていたと思う。深里が高校を卒業し、二年ほど一人暮らしをしていたときも、それなりに片瀬とは会っていた。

まして一緒に暮らし始めてからは、片瀬が近くにいるのが当たり前になってしまっていたのだ。仕事の関係で、言葉を交わさない日も結構あったが、常に彼の気配は身近にあった。人は慣れてしまうのだと、つくづく思い知った。

「戻ってきたらさ、心配したんだぞ……って、言ってあげればいいよ」

「……ハードル高いって……」

勇真には簡単にできることでも、深里には難しい。だいたい根性を振り絞って言ったところで、片瀬は鼻を鳴らして流してしまうかもしれない。あるいは、どうかしたのかと怪《け》訝《げん》そうな顔をするか――。

いずれにしても、無駄な言葉に思えて仕方なかった。

いつから自分はこんなに片意地を張るようになってしまったのか。確実にわかっていることは、原因が片瀬だということだ。母親と二人で暮らし、彼女の芸者仲間たちの間で可愛がられて育っていた頃は、もっと素直で可愛い子供だったはずなのだ。

（昔の俺は、けなげで可愛かったんだよ）

好意を寄せている相手に冷たい言葉を浴びせられたり、関心がないように振《ふ》る舞《ま》われて放っておかれたり、弄《もてあそ》ばれている——と思っていたりしているうちに、今みたいな態度しか取れないようになってしまった。

そう、弄ばれていると、ずっと思っていたのだ。片瀬にとって自分は、都合のいいオモチャなのだと。

深里が初めて片瀬の「オモチャ」になったのは、高校に入ったばかりの頃だ。その当時は今よりも遙《はる》かに片瀬に対する感情表現も素直で可愛かったはずだ。

まだ田村の姓を名乗っていた、十五のときだった——。

高校から帰って片瀬家の玄関に入ると、思わずほっと息が漏れた。

ここからは、猫を被《かぶ》らなくてもいい。旧家・片瀬家に引き取られている遠縁《とおえん》のお坊ちゃんという看板を下ろしてもいいのだ。

「ただいま帰りました」

深里は祖母がいる部屋へ行き、きちんと座って挨拶をした。何かと行儀《ぎょうぎ》にうるさい貴子に挨拶を怠《おこた》ると、容赦なく叱責《しっせき》される。厳しいが、根底にあるのは愛情だと知っているから、深里は祖母のことが大好きだった。

母親の姓——田村を名乗っているのは深里の意思であり、この家の人間が許していないわけではなかった。

「おかえりなさい。ちゃんとお勉強してきましたか」

「うん。バレないように、お坊ちゃんぽくしてるし」

「普通にしていればいいんですよ」

「それよりさ、片瀬から電話あった？」

問いかけると、貴子の細い眉がぴくりと上がった。戸籍上は無関係とはいえ、異母兄弟である片瀬を深里が姓で呼ぶことを、彼女は歓迎していない。だが兄弟と思うなと先に言ったのは片瀬だと知っているので、強制はできないでいるのだ。

一拍《いっぱく》置いて、貴子は言った。

「昼すぎにありましたよ」

「なんか言ってた？　今度いつ来るって？」

思わず声が大きくなってしまい、貴子に呆れ顔をされたが、今の深里は気にもならなかった。

片瀬が家に来なくなって、もう一ヶ月以上経つ。電話の回数も以前より減って、どこで何をしているのかもわからない状態だ。経営コンサルタントの事務所にも、たまに電話をしてみるのだが、留守を預かる赤沢という男が出るだけで片瀬に繋がったためしがない。伝言を残しても無視されている状態だった。

期待して次の言葉を待ったのに、それは深里をがっかりさせるだけだった。

「わからないそうですよ」

「そ……っか。どこにいるって？」

「さぁ、何も言っていませんでしたけどね。いつものように、変わったことはないか……と訊かれただけです。元気そうでしたよ」

「連絡先訊いてくれた？　なんで携帯繋がらねぇの？」

「さぁ」

祖母は興味がないらしく、実にそっけない。もともと彼女はクールな人だが、特に片瀬に対してはその傾向が顕著《けんちょ》だった。同じ孫でも、深里とは明らかに気のかけ方が違う。深里などは妾《めかけ》の子だし、戸籍上は赤の他人だというのに、貴子には関係ないらしい。

そんな貴子だから、片瀬は彼女しかいない時間を狙って電話してくるのだ。

「なんで訊いてくれなかったんだよ」

「時間がないと言われたんですよ。おまえが心配していることは、ちゃんと言っておきましたけどね」

「なんか言ってた？」

深里は上目遣《うわめづか》いに貴子を見て、びくびくしながら尋ねた。返事を聞きたいような聞きたくないような、複雑な気持ちだった。

貴子は小さく溜め息をついた。

それだけで片瀬の反応がわかってしまう。どうせ軽く流して、言葉らしい言葉など返してくれなかったのだろう。

覚悟はしていたが、やはり悲しくなる。やはり片瀬にとって、自分はどうでもいい人間なのだ。

片瀬と言葉を交わすようになって四年ほど経つが、まだ一度も優しい言葉や暖かい言葉など、もらったことはない。初めてかけられた言葉は冷たいものだったし、母親を亡くして引き取られた日も、思いきり突き放すようなことを言われた。

寄り添《そ》うように生きてきた母親を亡くして途方《とほう》に暮れていた十一歳の深里に、片瀬は異母兄弟だから引き取ったのだと教えた。ずっと前から憧《あこが》れにも似た想いを抱いてきたその人が、自分の肉親だと知って喜んだ矢先、告げられたのは「兄弟だとは思うな」という趣《しゅ》旨《し》の言葉だったのだ。

傷ついたなんてものじゃなかった。大好きだった母親を亡くした心の傷に、さらに切りつけられたようなものだった。

反発心という種《たね》が蒔《ま》かれるのは十分で、それは片瀬のそれ以後の態度によって、順調に育っている。

あれからも、片瀬は深里なんて視界にも入っていないという態度を貫いていた。

なのに、どうしてこんなにも片瀬を慕《した》ってしまうのか。深里自身にもまったく理解できていなかった。

気持ちそのままの大きな溜め息に、祖母は仕方なさそうな顔をした。

「気にするのはおよしなさい」

「ばあちゃんは心配じゃねぇの？」

「心配するだけ無駄ですよ。理人が好き勝手に振る舞うのは、今に始まったことではないでしょうに。いいから早く着替えていらっしゃい。今日は由紀《ゆき》さんにお会いすると言っていたでしょう」

「……うん」

深里はのろのろと立ち上がり、自室に戻ろうとした。閉じた襖《ふすま》越しに、祖母の凛《りん》とした声が聞こえてきた。

「忘れずにお菓子を持って行くんですよ」

「はーい」

自室に戻って一人になると、いよいよ溜め息が止まらなくなって、それをごまかすために煙草《たばこ》をくわえた。

心配というより、漠然《ばくぜん》とした不安なのだ。片瀬がずっと顔を見せないから気になるのではなく、何をしているかまったくわからないから怖いのだ。

貴子は感じていないのだろうか。片瀬がどこか真っ当ではない気配を纏《まと》っていることに。具体的に何をしているかは知らない。だが妙なことに首を突っこんでいる気がしてならなかった。

「気づいてても、ばあちゃんは放置するか……」

話せる相手は祖母しかいないが、同意はしてくれない。そして一人で悶々《もんもん》としていても仕方ない。

早く由紀のところへ行ってしまおう。

クローゼットを開けて服を取りだそうとした深里は、鏡に映った自分の顔を見て、一瞬どきっとした。

人からも言われるし、自分でも思うのだが、最近特に母親に似てきた。もう少し成長すれば、また顔立ちも変わってくるだろうが、とにかく今はそっくりだ。

（やっぱ女顔だよなぁ……だから、変なのが寄ってくるんだよ）

学校で告白されたことは何度かあった。男子校なので、もちろん同性からだ。猫を被っておとなしくしているから、余計に妙な幻想を抱かせてしまうのだろう。それは自分も悪いのだとは思うが、告白だけでは飽《あ》きたらず、強引に抱きしめたりキスしてこようとするのは、やはり相手に問題があると思う。

おかげで深里は、せっかく入ったテニス部を一週間ほどで退部することになった。三年の先輩に、ロッカールームでキスされそうになったからだ。暴れて逃げたら、とりあえず相手は我《われ》に返って謝ってくれたが、顔をあわせるのがいやで深里は自ら届けを出してしまったのだ。

（ま、思春期ってやつなんだろーけどさ）

ありがちな錯覚《さっかく》だ。深刻に考えるほどの問題じゃない。彼らだってすぐに目を覚まし、深里のことなんか過去の笑い話か汚点《おてん》になるのだ。

ふっと息をついて、深里は制服から私服に着替え、手みやげの菓子を持って出かけた。向かった先は、十一歳まで暮らした街だ。

亡くなった母親は芸者だった。その美しい姿は、今でも深里の脳裏に焼きついているし、何人もの男たちが彼女に入れあげ、競《きそ》いあったと聞いている。深里と片瀬の父親は、その中でただ一人、彼女を手に入れた男なのだ。

古いマンションの一室を訪ねると、由紀が笑顔で出迎えてくれた。彼女は十九歳でＯＬから芸者になり、今年二十五になる。短い期間ではあったが、深里の母・紗都子を姉のように慕ってくれたし、深里のことは弟のように可愛がってくれた。深里にとっても、大事な身内の一人だった。

「どうしたの深里ちゃん。元気ないみたい」

顔を見るなり、由紀は小首を傾げて心配そうに言った。

「あー、うん。ちょっとね。でもたいしたことないから大丈夫」

無理に笑顔を作り、部屋に上がりこむ。

まさか片瀬があやしいんです、とは言えない。そうでなくても彼女は片瀬のことが苦手なのだ。そして家や学校の人間関係を理由にすると由紀が過剰《かじょう》に心配するので、他に言いようがなかった。

「ほんと？　何かあったら、遠慮なく言うのよ。そりゃ頼りないかもしれないけど、深里ちゃんより、ちょっとは人生経験あるからね」

「うん。あ、こればあちゃんから」

「わぁ嬉しい。おばあさまによろしく伝えてね。私からお手紙も出すけど」

「喜ぶよ。由紀さんのこと、かなりお気に入りみたいだし」

「本当？　嬉しいなぁ」

由紀は綺麗に笑って、二人分の紅茶をいれた。

貴子の好みというのははっきりしていて、亡くなった紗都子や由紀のタイプは、大のお気に入りだ。たおやかで控えめで柔らかく、地味ではないが派手でもない。逆に、片瀬家を出て行った嫁——片瀬の母親などは、貴子がもっとも嫌うタイプだった。ハーフの彼女は、性格がきつくて派手で、気位《きぐらい》が高くて自己主張が激しかったと聞く。向こうも貴子を嫌っていたようだから、お互いさまなのだろう。

「学校は楽しい？」

「まーね。中学のときと顔ぶれ一緒だし、校舎も一緒だし、高校生になったって感じしないや」

「そういうものなのね。はい、桜のお茶よ」

「わ、すげーいい香りする」

「深里ちゃんは、こっちのほうが似あうわ」

「え？」

「煙草吸ってるでしょ。だめよ」

由紀は笑いながら軽く睨む真似をしたが、それ以上は何も言わなかった。注意はするが説教をしないのが、実に彼女らしい。

「今日はたまたまだよ。いつもは吸ってない」

深里は苦笑し、紅茶を飲んで間《ま》を保《も》たせた。

喫煙のことは片瀬も祖母も知っていることだった。二人ともいい顔はしないが、祖母は注意をしながらも、どうせ興味による一時的なものだろうと思っているらしく、人前で吸ったり、身体に匂いを残すようなことをしなければ、目をつぶる気でいるようだ。

意外なことに、うるさいのは片瀬のほうだった。煙草が嫌いというよりも、深里が吸っているというのが気に入らないらしい。

だから深里は、あえて吸い続けている。最初はほんの興味――ありがちな好奇心だったのだが、今では片瀬へのいやがらせの意味が強くなっていた。貴子の前に立つときは絶対に匂いを残さないようにするが、片瀬一人のときはわざと髪や服に匂いを染《し》みこませてやるのだ。

自分でも子供じみていると思う。思うが、やめられなかった。

「いろいろなことに興味がある年頃なんだろうけど……」

「あ、この間の頼んだやつどこ？」

「これよ」

由紀はテーブルの足下《あしもと》に置いてあった紙袋を深里に渡した。中に入っている箱は、十八歳未満の購入が条例で禁止されているエアガンのものだ。深里は買えないので、由紀に頼んでおいたのだった。

「ありがと」

「男の子よねぇ。でも気をつけなきゃだめよ。モデルガンと違って弾が出るんでしょう?」

「大丈夫だよ。外へは持っていかないし、どうせ庭で葉っぱとか撃つくらいだし。エアガンも一つ欲しかっただけなんだ」

深里は上機嫌で箱を眺めた。

「でも結構深里ちゃんは飽きっぽいのよね。前はラジコンのヘリコプターが欲しいって言うから一緒に買いに行ったし、その前は何かのカードだったわよ」

「前って、RCは中二のときだよ。それに庭でときどき遊んでるし」

とはいえ、今年に入ってからまったく触っていないのも確かなので、語尾はだんだんと小さくなる。

「お友達とは、そういう遊びしないの?」

「おうちでは読書とか音楽鑑賞してます……みたいなキャラ作ってるからね」

「ストレス溜まっちゃうわよ」

「平気。息抜きはちゃんとしてるから」

普段の口調があまり綺麗じゃないのも、煙草も、そういった息抜きの一種だ。

それに欲しいものが手に入らないもどかしさと比べたら、学校や外で自分を偽《いつわ》っていることくらい、なんでもなかった。

本当に欲しいものは、けっして手に入らない。確かに見えるのに、手を伸ばしても幻みたいに掴めない。

深里は袋の中のエアガンを喜んで見ている振りをして、由紀に感情の揺れを気づかせないようにした。

それからしばらく片瀬は姿を見せなくなり、電話も週に一度程度になった。

貴子は相変わらず気にもせず、そのうち何ごともなかったように帰ってくるだろうと言っている。しきりに溜め息をついていた深里も、溜め息すら出なくなった。

学校は衣替えの季節を迎え、深里は夏服を着て毎日学校へ行っている。五月の連休明けから、五月いっぱいまでは、その日の気候などに応じて夏冬どちらの制服を着てもいいことになっているのだ。今日は三十度近くなるという予報が出ていたので、もちろん夏服にした。

（うわ、真っ暗……）

帰ろうとしたら、空は嘘みたいに灰色で覆《おお》い尽《つ》くされていた。ゴロゴロと、そう遠くはない雷鳴《らいめい》も聞こえてくる。

周囲は大騒ぎだ。傘を持っているだのいないだの、電話をするだの様子を見るだの、いろいろな声が聞こえてくる。

深里は傘を持っていないグループだったが、黙って窓の外を眺めていた。

(夏っぽくなってきたよなぁ……)

これから苦手な季節がやってくる。寒いのも得意ではない深里だが、暑いか寒いかどちらか選べと言われたら、まだ後者のほうがマシだ。それくらい夏の暑さと湿度、そして直射日光は苦手だった。

深里が通うのは私立学校で、通学時間は徒歩と電車であわせて四十分くらいかかる。ここから駅までは十分、電車を乗り継いで合計二十分、そして最寄り駅から家までの道が十分弱だ。

どうせ通り雨だろうし、図書室で時間でも潰《つぶ》そうか。

急いで帰る理由はない。帰ってから宿題をするのも、図書室でするのも同じことだ。もし片瀬からの電話が入るとしても、それは深里が確実にいない昼前後なのだ。

(もう二ヶ月だよ……)

深里は頭の中で日にちを数えていた。

最後に片瀬と会ったのは、三月の半ば。まだ桜が咲く前だった。あれからもう二ヶ月経った。その間、何度か電話があったというが、深里は一度も片瀬と話していなかった。ただ、連絡があったことを貴子から聞くだけだ。

避けられているとしか思えない。そのつもりがないなら、深里がいる夜にかけてきたっていいわけだし、そもそも深里は携帯電話だって持っている。

嫌われているのだろうか。単に興味がないだけだと思っていたが、それならば片瀬は時間帯など考えずに電話をしてくるのではないだろうか。

考えると落ちこみそうだから、さっさと図書室に行って宿題を片づけてしまおう。

そう思って立ち上がろうとすると、クラスメイトが声をかけてきた。

「田村くん。うち、これから迎えが来るんだけど、よかったら乗っていきなよ」

「え、でも……」

困惑気味の笑顔で返すと、クラスメイトはにっこりと笑った。

「家、同じ方向なんだよ」

「あ……あ、そうなんだ」

正直なところ、あまり嬉しくない申し出だった。彼は一年ほど前に編入してきた帰国子女で、編入早々、深里に告白してきたのだ。その気はないからと断ったのに、相変わらず積極的に声をかけてくる。強引《ごういん》な真似こそしないが、その分しつこいので、深里は辟易《へきえき》しているのだった。

猫さえ被っていなければ、「迷惑なんだよ」とでも返してやるところだが、深里の猫はあまりにも大きくて振り払えない。

さて、どうやって断ろうか。考えようとした矢先に、通学バッグの中で携帯電話が震え始めた。深里は慌てて電話を取りだす。時間稼ぎか、断る口実に使えればいいという程の考えだった。

だが液晶に表示された文字を見たとき、深里は一瞬固まってしまった。

(嘘……片瀬……？)

何かの間違いじゃないだろうかと思った。

あまりにも思いがけないことだったので、深里はとっさに反応できなかった。登録こそしてあるが、片瀬がかけてきたのは初めてだったのだ。

「出ないの？」

クラスメイトに言われ、はっと我に返る。そして慌てて通話ボタンを押した。声をかけてくれなかったら、切れるまで見つめているところだった。

「も、もしもし？」

『まだ学校の中か？』

挨拶もなしに質問された。久しぶりだというのに、感慨《かんがい》も何もない、実に片瀬らしい一方的な電話だ。

「そうだけど」

『近くにいるから、おいで。もうすぐ降ってくるから急ぎなさい。正門を出て左手だ』

それだけ言って電話は切れてしまった。深里の返事なんて聞こうともしない。来るのが当然というわけだ。

深里は茫然と携帯電話を見つめた。

「何？　どうしたの？」

「あ……あ、うん。親戚《しんせき》の人が、そこまで来てるからって。いきなりだったから、ちょっとびっくりしちゃって」

「ふーん、そうなんだ」

「そういうことだから、お先に。誘ってくれてありがと」

笑顔を振りまいて深里は教室を出た。やりすぎた感はあったが、まだ加減がよくわかっていないので仕方ない。

中学からお坊ちゃま学校に通うことが決まったとき、深里は普通にしていたらボロが出てしまうと、かなり焦《あせ》った。片瀬家の遠縁という触れこみだと聞かされ、勝手にプレッシャーを感じてしまったのだ。まだ十二歳だった深里は、引き取られて間もなかったということもあり、片瀬家の人たちの不興《ふきょう》を買うまいと必死だった。

その後、まったく無駄な心配と努力だったとわかったが、そのときにはもう引っこみがつかなくなっていた。

廊下を走るなんて行動は、品のいい田村深里にはできないので、急ぎ足で校舎を出た。雨は今にも降り始めそうだった。

門を出て左手に進むと、片瀬の車が見えた。エンジンはかけたままで、後部を向いている。片瀬はミラーで見ているのか、それとも見もしていないのか、前を向いたまま身じろぎもしなかった。

深里はこつんと、ウインドウを叩く。呼び出されたとはいえ、勝手にドアを開けることはためらわれた。

ようやく片瀬がこちらを向いて、軽く指先を振った。入れという合図だ。

ドアを開けたとき、大粒の雨が車のボディを叩く音がした。雨粒を受けながら慌てて助手席に乗りこむと、たちまち土砂降《どしゃぶ》りの雨となった。間一髪《かんいっぱつ》だ。

片瀬は何も言わず、車を動かした。もっとも何か言ったところで、屋根を叩く雨音のせいで聞こえなかっただろう。

深里は何度も片瀬の横顔を盗み見た。

嬉しいけれども、それより戸惑いのほうが大きい。今までどこで何をしていたのか、どうして急に迎えになんか来たのか、尋ねたいことはいろいろあったが、どれも口にできずにいた。

五分も走ると、雨足はずいぶんと弱くなった。収まったのか、場所の問題なのかはわからなかった。

「食事をしようか」

「えっ？」

「イタリアンがいいかな」

「あ……う、うん」

深里はこくこくと、数回頷いた。

唐突なことばかりで、ついていくのがやっとだ。それでも片瀬はごく稀《まれ》に、深里を食事に連れ出すことがある。家では祖母の嗜好《しこう》にあわせたものばかりなので、たまに外でイタリアンや中華などといったものを食べさせてくれるのだ。それが片瀬の意思によるものなのか、こっそり祖母が依頼しているのかはわからないが、深里はその少ない機会を心待ちにしていた。

少し前まで滅入《めい》っていたことなど、跡形《あとかた》もなく吹き飛んでしまった。

いつもこれの繰り返しだ。簡単に舞い上がって突き落とされて、気まぐれに手を引っ張られて、離される。

期待することなんてやめてしまえればいいのに、気持ちはいつも暴走してしまう。

「まだ早いし、着替えもしないといけないね。一度、家に戻ろうか」

「え……」

深里はとっさに自分の服装を見て、すぐに顔を上げた。

家に戻ったら、片瀬はきっと貴子とばかり話してしまうだろう。いつもそうなのだ。貴子が片瀬を捕まえて離さないのなら諦《あきら》めもつくが、どう見ても片瀬が積極的に話をし、深里が参加できないようなことばかり話題にする。

だから深里が片瀬を独占できるのは、外食のときだけだった。

「こ……このままで平気だよ。だってほら、普通に白シャツだし、ズボンはチェックだし、ネクタイ外して、シャツ上に出しちゃえばあんまり制服っぽくなくなるだろ？」

深里はあたふたとネクタイを外し、シャツを引っ張り出した。しかしながら、ウエスト部分は皺《しわ》が寄っていて、そう簡単に取れそうもなかった。

片瀬はくすりと笑みを浮かべた。

「買ったほうがよさそうだね。まぁ、たまには買いもので時間を潰すのもいいか」

「え、でも買うって……」

そんな金なんて持ってきていない。財布はあるが、入っているのはせいぜい本やＣＤが買える程度の金額だ。

おろおろしていると、片瀬は呆れたようにちらっと視線を向けてきた。

「買えとは言っていないだろう。心配しなくても、買ってあげるよ」

「そっ……そうなの……？」

理解が追いついていかない。プレゼントや祝いの類《たぐい》はきちんとくれる男だったが、こんなふうに、なんでもないときに何かを買ってくれるなんて初めてだった。そもそも片瀬と買いものにいくこと自体、初めてなのだ。

引き取られてからしばらくの間、深里の服などの買いものには、ほとんど由紀がつきそっていた。貴子と行くと、別室に通されて、山のような服の中から選ばされることになるので、深里がいやがったからだ。外商に来てもらうのも苦手だった。もちろん片瀬が関わってきたこともなかった。

「行きたい店は？」

「ど、どこでもいい」

「わかった」

片瀬は行き先を言うことなく、どこかへ向けて車を走らせた。

雨は弱くなったがまだ降っていて、雷も遠くで鳴っていた。だが教室から外を見たときよりも、ずいぶんと明るさは戻ってきている。

「……そういえば、久しぶりだよな」

さりげなく、だが内心はかなりどきどきしながら、深里から話しかけた。結構上手く言えたと思った。

「仕事で海外に行っていたからね」

「そう……なんだ。いいね、どのへん？」

「イギリスだ」

「あれ、確かお母さんって、今そっちにいるんだよな。会ったのか？」

「いや」

片瀬はそっけなく答えてハンドルを切った。深里は片瀬の母親に会ったことはないし、片瀬とどういった親子関係なのかもよく知らない。ただ貴子曰《いわ》く、ほとんど他人のようなものだそうだ。

きっとその通りなのだろう。せっかくイギリスに行ったのに会いもしないなんて、むしろ不思議なくらいだ。母親と寄り添うように生きていた深里には、まったく理解できない関係だった。

深里はそのことに関しても、仕事に関しても、具体的なことは何も訊けなかった。片瀬を不快にさせて、買いものや食事が中止になったら……と思うと、言葉なんて一つも出てこなくなってしまう。

片瀬と一緒にいられるのは嬉しいけれど、とても緊張した。

嫌われないように、煙たがられないように、面倒だと思われないように。そう思うと、身動きが取れなくなってしまう。

反発する心を抱ながらも、慕う気持ちも止められない。コントロールできない感情は、日ごとに大きくなっていく気がするほどだ。

深里は息をひそめるようにして、助手席でじっとしていた。

雨の日に迎えに来てくれた日以来、片瀬は以前と同じような間隔で連絡を寄越し、実家に顔を出し、変わらぬスタンスで深里に接した。

あのとき連れていってくれた店は、高校生が買える値段の服などなかったが、着られるようなデザインのものは置いてあった。片瀬は店に入るとすぐに深里を店員に預けてしまい、自分は椅子に座って、あまり興味がなさそうな顔をしていた。彼がしたことはサインだけだった。

その場でタグを取ってもらい、試着室で着替えて店を出て、久しぶりに向かいあって二人だけで食事をした。コースだったから、長い時間、一緒にいられたし、いろいろな話もできた。

だが肝心なことは何一つ聞き出せなかった。相変わらず片瀬は何をしているのかわからず、深里の中のもやもやとした不安も解消されないままだった。

「君……田村深里くん……?」

家の門に手をかけようとしたとき、背後から男の声がした。

深里は振り返り、警戒心を露《あらわ》にして相手を見た。

知らない男だ。まだ二十代の半ば——片瀬と同じくらいに見える。身長も同じくらいだろうから、結構な長身だ。雰囲気的にも体格的にも体育会系といった感じではないが、片瀬のようなインテリ臭さも漂《ただよ》ってはいない。ジーンズにダンガリーというラフな格好は、ごく普通の会社員の休日といった印象だった。

ただし、探るような、あるいは人を値踏みするような目つきが、あまり好きではないと思った。

「田村くんだよね?」

「そうですけど……」

「急にごめんね。僕は、妹尾《せのお》といいます。あやしい者じゃないから大丈夫。こういう仕事をしてるんだ」

妹尾と名乗った男は、さっと名刺を差しだしてきた。そこには、フリージャーナリストと書いてあった。

深里は眉をひそめた。

「ジャーナリスト……？」

「そう。少し話を聞かせてもらえないかな。その……片瀬理人さんのことなんだけど」

「えっ？」

どきんと心臓が跳ね上がった。

なぜここで片瀬の名前が出るのだろうか。妹尾は深里の名前まで把握した上で、ここまでやってきた。事前に調べたということだ。そうされる理由が片瀬のどこにあるのか、考えると足下がぐらつきそうだった。

「君、お母さんを亡くされて、この家に引き取られてるんだよね」

「……あの、なんで片……理人さんのことを聞きたいんですか？」

ずっと抱えてきた不安が、目の前で形になった気がした。妹尾という男の姿を借りて、いきなり現れたのだ。

深里があまりに不安そうな顔をしていたのを気の毒がったのか、妹尾は宥《なだ》めるような口調になった。

「もしかしたらね、片瀬さんて詐欺事件の被害に遭ったんじゃないかなって。もちろん、可能性の話なんだけど」

「詐欺の、被害……」

「うん。僕はね、独自に巨額詐欺事件の真相を追ってるんだ。M資金詐欺って知ってるかな？」

「いえ」

深里は小さくかぶりを振った。初めて聞く言葉だった。

「架空の資金をネタにした詐欺でね、特別に融資《ゆうし》するって話を持ちかけて、申込金とか手数料をだまし取る詐欺なんだ。いろいろ形を変えて、たまに起きる詐欺事件なんだけど、つい先日も一件発覚したんだよ。被害額も十億を超えてる」

「はぁ……」

深里には生返事しかできなかった。ニュースで流れたのだろうが、興味がなかったから耳に入ってこなかったし、十億なんて言われても、額が大きすぎてピンとこない。

「僕は今回の件と、五年前にあった大きな事件が、同じ人物の手によるものだと思ってるんだ」

「あの、先日って、いつですか？」

「発覚したのは二週間くらい前。三月の半ばくらいに、詐欺グループからの最初のコンタクトがあったそうだよ」

「理人さんは、ちょうどそれくらいから、ついこの間までイギリスに行ってましたけど」

だから被害になんて遭っているはずがない。深里は言外《げんがい》にそう告げた。

しかし妹尾は軽く顎《あご》を引くだけで、質問を打ち切ろうとはしなかった。

「片瀬さんは法学部を出てるよね？　かなり優秀だったらしいけど、どうして弁護士とか検事にならなかったのかな」

「さぁ」

そんなことはむしろ深里が訊きたいくらいだった。日本で一番いいと言われている大学の法学部を、金時計をもらう成績で出ておいて、どうして道楽のコンサルタント会社しかやっていないのか。深里でなくても首を傾げるところだろう。

「じゃあさ、片瀬さんから金とか融資がどうこうって話、聞いたことないかな。どこかに、口座があるとか。外国とよく連絡をとりあってるとか」

「そんな話は聞いたことないし、実のお母さんがイギリスにいるから、外国と連絡とってるのは普通のことでしょ」

「いや……まぁ、そうなんだけど」

「それに、あの人はあんまりここに来ないんです」

つい拗《す》ねたような言い方になったことを、深里はすぐさま後悔《こうかい》した。だが妹尾は意外そうな顔をせず、むしろ意を得た、という表情を見せた。

「ふーん、そうなんだ。おばあさんと二人暮らしなんだよね？」

「ええ、まぁ……」

「もしかして片瀬さんとは、あんまり折りあいがよくないのかな。おばあさんとは、どうなの？」

妹尾は深里の態度を、拗ねているのではなく嫌悪《けんお》だと受け取ったようだ。片瀬が寄りつかない理由は、家人との不仲だと考えたのだ。

「別にそんなことない……です。祖母とも、別に問題はないし」

「へぇ、そう」

同情するような目が不愉快だった。正妻の子と、妾の連れ子が上手くいっているはずがないと、その目が告げている。深里は表向き、紗都子が別の男との間にもうけた子供、ということになっているのだ。

ひどく居心地が悪かった。

「君から見て、片瀬さんって人は、どういう人？」

「どう、って……」

深里は口ごもり、そして気がついた。質問の方向が妙だ。とても被害者について尋ねているようには思えない。人となりを尋ねたり、口座がどうのと言ったり、むしろ――。

(詐欺……？)

思わず目を瞠り、深里はまじまじと妹尾を見つめた。

この男は片瀬を被害者として知りたいんじゃない。二件の詐欺事件の加害者として追っているのではないだろうか。

ふいにそう思った。

片瀬に対して覚えた違和感も、漠然とした不安も、彼が詐欺グループの一員だというならば納得できてしまう。

法律を学んだことも、経営コンサルタントを作りはしたものの実際にはほとんど稼働《かどう》していないことも、常に忙しそうなことも。

(思い……だした)

初めて片瀬からかけられた言葉。それは「もっと頭を使いなさい」だった。稼ぐなら、身体ではなく頭を使えと言われたのだ。

すべてが腑《ふ》に落ちた気がした。

深里はこくりと喉を鳴らし、妹尾を見据《みす》えた。

「……はっきり言ってください」

「うん？」

「本当に被害者の可能性、なんですか？」

「そうだよ。だって可能性なんだから、なかなかゼロとは言いきれないだろ」

曖昧でよくわからないことを言い、妹尾は答えをはぐらかした。嘘ではないのだろう。ただし被害者の可能性より加害者の可能性のほうが遙かに高いことを、あえて口にしないだけという気がする。

「どうして理人さんの名前が挙がったんですか？」

「それは言えないよ。ここまで来るのに、いろいろ苦労を重ねてきたし、守秘義務《しゅひぎむ》ってものもあるしね」

「でも……」

ひどく苛ついてきて深里は妹尾から視線を逸らした。そのとき、妹尾のポケットから覗く何か——おそらく手帳が見えた。

取材メモだろうか。もしかしたら、あの中に深里が知りたい事実が書きこまれているかもしれない。

手帳は上三分の一ほどが出ている状態のようだ。

決断は早かった。

(確かめるだけ。盗むわけじゃないし)

中を確認した後は、落ちていたのを拾ったと言って返せばいい。悪いことだとわかっているが、おとなしく待っているのはもう限界だ。

深里は顔を上げ、ちょうど歩幅分、妹尾に近づいた。

「俺だって知りたいんです」

間近《まぢか》から、睨むようにして妹尾を見上げる。まっすぐに見つめながら、手はそっとポケットに伸ばした。それぞれの身体で手元は死角になるから、向かいの家や通りかかる人からは見えないはずだ。

「本当は俺に何を訊きたいんですか？」

慎重にポケットの手帳を抜き取る。意識がこちらに向くよう、視線は外さなかったし、言葉も投げ続けた。

「どこまでこっちのこと調べたんですか？」

手帳が完全に妹尾の身体から離れた。

だがけっして表情には出さないようにし、深里は手ごと背中に戻してウエスト部分に手帳を押しこんだ。もらった名刺も挟んでおいた。

背中を向けてしまったら、バレてしまう隠し方だった。

「訊きたいのは、片瀬埋人って男の、人となり……かな」

「そんなの、俺じゃなくたっていいじゃないですか」

「彼は身内が少ないからね。君は複雑な立場だけど、一応貴重《きちょう》なその一人だ。外には出さない片瀬理人ってのが知りたい。事件そのものだけじゃなくて、関わった人間の背景にまで踏みこんでいく。僕はそういうのを書きたいんだよ」

言葉だけを追っていったら、熱い理想や目標を語っているようだが、その口ぶりや表情には、どこか空々しさが感じられた。

この男の目的は本当に取材なんだろうか。

不審を抱いたとき、一台の車が深里たちに近づいてきた。

「あ……」

片瀬だ。彼はすぐ近くで車を停止させ、間を置かずに車外へ出た。いつも通り余裕の態度だが、目つきがどこか剣呑《けんのん》だった。

「困りますね。確か、妹尾さん……でしたか」

「取材ですよ。片瀬さんに断られたんで、せめて家の方にと思って」

どうやら彼らは初対面ではないらしい。もしかすると妹尾は、故意に周辺をうろつくことで、片瀬が無視できないようにしたのではないだろうか。たまたま今日は深里だったが、相手が貴子ならば効果は絶大だ。迷惑だから一度話して引っこませろ、とでも言って、片瀬に文句をつけるに違いなかった。

片瀬は億劫《おっくう》そうに嘆息した。

「何を言ったかは知りませんが、無責任に子供の不安を煽《あお》るようなことは、やめていただきたいんですがね」

やんわりと釘を刺し、片瀬は深里と妹尾の間に立った。そっと深里を門のほうへと押すので、そのまま背中をくぐり戸につけた。深里としては、手帳を隠すためだった。

斜め後ろにいるから、深里の位置から片瀬の顔ははっきり見えない。だが目の前には広い背中があり、やけに深里を安心させてくれる。

片瀬が詐欺師かもしれないという新たな不安を、束《つか》の間だけでも忘れさせてくれた。

「自分は表に出ないで、巨額詐欺を複数回成功させた人物がいる。大いに興味がありますよ。どういった人間なのか。あらゆることに恵まれたはずの人間が、心にどんな渇《かわ》きを抱えているのか……。あんたなら、それを教えてくれるんじゃないかと思ったんですよ」

挑発的な視線だった。知らないはずがない、と全身で告げている。彼は片瀬が詐欺に荷《か》担《たん》していると、そして首謀者をよく知っていると、信じて疑っていないのだ。

「なるほど」

「僕は、真実を知りたいだけだ」

「知りたいだけ……ね」

意味ありげな、笑みを含んだ声だった。妹尾に負けず挑発的であり、どこか揶揄するような響きでもあった。

理由がなんとなくわかった。深里がさっき感じたように、片瀬もまた妹尾から別の目的を察したのだろう。純粋な興味でも、ましてジャーナリズムでもない。打算と欲望を伴った何かだ。

片瀬は名刺を取りだすと、裏に何か書き入れて妹尾に渡した。

「今日のところはお引き取りを。後で私から連絡しますよ」

「……わかった。田村くん、悪かったね」

心にもない謝罪を口にして、妹尾はおとなしく帰っていく。彼が踵《きびす》を返すとすぐに、片瀬は肩越しに深里を振り返った。

「先に入っていなさい」

「う、うん」

深里は逃げるようにして敷地内に入り、片瀬のために大きく門を開けた。車が入ってくるまでの間に、背中に差した手帳は学校指定の鞄にしまった。

今になって心臓がばくばくと暴れだし、押さえるように鞄を胸に抱えこむ。人のものを、スッてしまった。あのときは必死で、とにかく本当のことが知りたいという一心だったが、冷静になったら後悔がどっと押し寄せてきた。

さすがに子供の頃とは違い、善悪の概念だとか倫理観だとかいったものが、良心をちくちくと刺激してくる。

「何をしている」

「あっ、な……なんでも」

ふるふると首を横に振り、深里は家の中に入った。

貴子は外出していて、家の中に人の気配はない。今朝方、今日は友達と観劇に行くから夕食はいらないと言っていた。

深里は片瀬と一緒に居間へ行き、斜向《はすむ》かいに座った。片瀬が何を思っているかは知らないが、ひどく気まずかった。

訊きたくて、仕方ないことがある。だが上手く切りだせない。

鞄を抱えてじっとしていると、片瀬はおもむろに言った。

「名刺を出しなさい」

「なんで？」

「おまえが持っていても意味がない。あんな胡散《うさん》臭い男と知りあう必要はないからね。それと、手帳もだ」

「……」

「さっき、妹尾からスッただろう？」

口調こそいつもの淡々としたものだったが、その顔に笑みは浮かんでいない。彼は深里がスリの真似をしたことを快く思っていないのだ。

だが詐欺を働いているかもしれない男に、スリを咎《とが》められる覚えはない。

深里はムッとして顔を背《そむ》けた。

「そんなの知らない」

「では私の見間違いか」

「……そうだよ」

「そうか」

深里はぎゅっと鞄を抱きしめた。

すっと立ち上がった片瀬を、恐る恐る顔を上げて見ると、冷ややかな目がこちらに向けられていた。

びくりと身をすくませ、深里は長椅子の上を後《あと》ずさった。

「し……知らないって言ってんだろ……！」

「おまえが持っていても意味はないよ。寄越しなさい」

「いやだ」

鞄に手を伸ばされ、とっさに身体で庇った。身を折るようにして、今まで以上にしっかりと抱えこむ。

「聞き分けのない子だ」

片瀬の嘆息が聞こえた。

深里はキッと片瀬を睨みつける。誰のせいだと言ってやりたかった。

頑《かたく》なな深里に業《ごう》を煮やしたのか、あるいは時間を惜《お》しんだのか、片瀬は深里の腕を摑み、もう一方の手で鞄を摑んだ。

「放せって……！」

振り払おうとしても、力の差がありすぎてどうにもならない。摑まれた腕が痛いだけだった。

あっさり鞄を奪われて、突き放される。長椅子に受け止められた深里はすぐに身を起こし、片瀬に向かっていった。

背を向けて鞄を開けている片瀬にぶつかるようにして、彼の両脇から前へと手を伸ばす。まるで背中から抱きつくみたいに――。

そのとき、一瞬だけ片瀬の動きが止まった。

「返せ！」

深里の声が、再び片瀬の時間を動かしたことなど、気づきもしなかったが。

「ああ……返そうか」

片瀬は無造作《むぞうさ》に鞄を長椅子の上へ放り出した。深里がそれを目で追い、気が逸《そ》れた隙に、彼はすっと離れていった。

すでに手帳を抜き取ったのだ。挟んであった名刺の存在も確認している。

深里はムキになって手帳を奪い返そうとしたが、身長とリーチの差はどうにも埋められるものではなかった。

悔しくて、ほとんど真下から片瀬を睨みつけた。

「……詐欺師の仲間やってるだけじゃなくて、強盗まですんのかよ……！」

激情に任せ、言えなかったことをようやく口にした。それでも頭の中には冷静な部分もあって、片瀬がどう反応するかと観察していた。

片瀬は顔色一つ変えなかった。

「持ち主に返してやろうというだけだ。もちろん拾ったということにするがね」

「詐欺はどうなんだよ」

「おまえには関係ない」

「な……」

とりつく島もなかった。関係ないと、はっきり言葉を突きつけられて、鼻の奥がつんと痛んだ。

詐欺のことだけでなく、すべてにおいて、おまえは関係ないんだと言われた気がした。

悔しくて憎たらしくて、深里の目にはうっすらと涙が浮かんでいたはずだが、片瀬は微《み》塵《じん》も気にする様子もなかった。

用はすんだとばかりに、片瀬は家を出て行く。

遠ざかる足音が聞きながら、深里はきゅっと唇を噛んだ。

「ふざけんな……っ」

このままおとなしく引き下がったりするものか。片瀬の思い通りになんか、やってやるものか。

深里は鞄から携帯電話を掴み出し、記憶した番号を押していく。

名刺は取り上げられてしまったが、携帯電話の番号と住所だけは、もらった瞬間にしっかりと頭に刻みつけておいたのだ。

　十一の数字を押して、呼び出し音を聞く。

　すぐに男の声がした。

『はい……？』

「あの、先ほどはどうも……」

『あれ、田村くん？』

　声の調子が意外そうで、かつ探るような調子なのは当然だろう。彼は片瀬からの電話を待っていたのであり、深里ではないのだ。

「そうです」

『えーと、一人？』

「はい。どうしても、お訊きしたいことがあるんです。あの……妹尾さんの考えとして、片瀬はどの程度、疑わしいんですか」

『どの程度……と言われてもねぇ。そういうのは主観だし……』

　相変わらず返ってくるのは、よくわからない言葉だ。だが苛《いら》ついても仕方ない。電話が繋がっているうちに、得たいことを得なくては。

「さっき、片瀬なら知ってる……って言いましたよね。それって首謀者をよく知ってるってことでしょ？　そんなに近いとこにいるんですか？」

『……うん』

笑みを含んだ声だ。面白がっているような、哀《あわ》れんでいるような、いずれにしても高見から余裕で見物している態度だった。

ここで笑われる理由がわからない。あるとすれば――。

いやな予感が、ざわりと広がっていく。

あらゆることに恵まれたはずの人間だと、妹尾は言っていた。それは片瀬に当てはまる言葉だ。

「まさか……」

浮かんだ考えを口にしようとしたとき、向こうにキャッチが入った。

『ここまでにしとくよ。片瀬さんからみたいだ。ごめんね』

形だけの謝罪の言葉は最後のほうが切れたが、そんなことはどうでもよかった。一方的に話を終わらされたことも、些細《ささい》なことだった。

深里は携帯電話を握りしめたまま、茫然と立ちつくしていた。

片瀬は詐欺グループの一人ではなく、首謀者なのかもしれない。

どのみち犯罪者には変わりなかった。だが共犯と主犯では、意味あいも罪の重さも変わってくる。

にわかには信じられない話ではあった。五年前といえば、片瀬はまだ二十歳の大学生だ。

ほど若いはずだ。

巨額詐欺の首謀者となるには、あまりにも若くないだろうか。いや、今だって十分すぎる

「表に出ない……って、そういうことなのか……？」

一つ一つの状況が符合《ふごう》していく。

詐欺師かと問うたときも、片瀬は否定しなかった。

もう一度、今度はもっと冷静になって確かめなくては。こんな中途半端な気持ちのまま

で、毎日をすごしていくことはできそうもない。

深里は電話をかけようとしたが、諦めてそれを閉じた。かけたって、どうせ無視される

だろう。直接尋ねたほうがいい。

自室に入って着替えて、深里は家を後にした。最初にまずマンションを訪ねたが、やは

りと言おうか、片瀬は帰っていなかった。

次に向かったのは、経営コンサルタントの事務所だ。場所は知ってたが、来るのは初め

てだった。

ドアをノックすると、返事が聞こえてきた。男の声だ。

中には声の主と思われる男が一人いた。経営コンサルタントにいる人間とは思えない格

好の男だ。よれよれのシャツにジーンズ。髪はぼさぼさで、耳には赤ペンを挟んでいる。

「あの……突然すみません」

「お、もしかして田村深里くん？」

「は、はい」

目を丸くして突っ立っていると、出迎えた男はにっこりと笑って深里を中へ入れてくれた。事務所は予想していたよりも殺風景だが、一つの机だけが妙に汚かった。新聞や雑誌、弁当の空きパックやコーヒー缶といったものが、雑然と転がっている。

「とりあえず、そこ座って。会うのは初めてだな」

「あ……それじゃ……」

「そ。赤沢でーす。よろしくな」

「はい。こちらこそ。あの……片……理人さんは……？」

勧められるままに空いた椅子に座り、深里はちらっと応接室らしき部屋へと続くドアを見た。だが話し声や物音はしなかったし、人がいるような気配もなかった。

「今日は来る予定ねぇのよ。毎日顔出すわけでもないんだよなー」

「どこにいるか知りませんか？」

「さぁ……。あ、お茶飲む？　俺、あんまり上手くねぇけど」

「あ……僕がやりましょうか？」

「いいの？　悪いね」

あっさりと任されたことに面食らいながらも、深里は初めて来た場所でお茶をいれることになった。

手を動かしながら、ふと赤沢は片瀬のことをどこまで知っているのだろうかと思った。見たところ、片瀬よりも少し年上のようだ。だが開店休業状態の経営コンサルタントで、彼は何をしているのだろうか。この状況に、疑問を抱いたりしないのだろうか。

もしかして、彼も詐欺師の仲間では……？

あやしいと思ったら、もうそれ以外には思えなくなって、深里は背中を緊張させながら茶をいれ、盆に載せて振り返った。だが赤沢の態度に、その緊張はあっけなく殺《そ》がれてしまった。

「あー、いいねぇ」

「はい？」

きょとんとしながら、深里は赤沢の前に湯飲み茶碗を置いた。

「可愛い子にお茶いれてもらう幸せってやつよ」

「か……わいい……って……」

「うん、お茶も美味い。おばあちゃんの躾がいいのかね。それともあれか、亡くなったお袋さん？」

赤沢は満足そうに頷き、楽しげな視線を深里に向ける。

ずいぶんと気さくと言おうか、片瀬の知りあいだとは思えないほど砕《くだ》けた男だ。ふざけているのかと思えるほどの態度に、どう対処していいのかわからない。

だが彼は深里のことをずいぶん知っているようだ。少なくとも片瀬家の人間関係や、深里の事情は把握しているらしい。

片瀬が話したのかと思うと、なんだか背中がむずむずして落ち着かなくなった。

「あの、どうして僕のこと知ってるんですか？」

「君のおにーちゃんに聞いたに決まってるじゃん」

「お……おに……」

わけもなく恥ずかしくなり、自然と顔も赤くなった。片瀬のことを他人に「兄」と言われたからなのか、片瀬が自分のことを他人に話していたからなのか、深里にも理由はわからなかった。

「いやー、ほんとに可愛いな。いいねぇ、十五だっけな。こりゃ確かに大変だわ。俺だったら、とっくに負けてるな」

「は……い？」

思わず眉根が寄ってしまう。親父くさい物言いがどうのではなく、今ひとつ何を言わんとしているかが理解できなかったからだ。

「いやいや、こっちの話。それより、何？　急ぎの用事か？」

「あ、はい。っていうか、どうしても確かめたいことがあって……」

「電話してみたほうがいいんじゃねぇの？」

「多分、出ないと思います。さっきまでうちにいたんですけど、一方的に出て行っちゃったし。マンション行ってみたんですけど、いなくて」

「あら冷たい」

「あの、赤沢さんは……」

じっと顔を見つめて問いかけようとしたが、深里は先の言葉を呑みこんだ。どこまで知っているのかなんて、初対面で問うことじゃないし、投げかけたとしても答えが得られるとは思えない。

代わりに深里は溜め息をついた。

自分でいれたお茶を見つめていると、赤沢はうーんと唸った。

「あのさ、とりあえず君はうちに帰んなさい。片瀬には俺から連絡いれておくから。深里くんが来たってことも、ちゃんと言っておくし」

「でも……」

「ここにいても、時間の無駄だと思うよ。俺が教えてやれることなんて、ほとんどないからさ」

「少しはあるってことですか？」

言葉尻を捕まえ、深里はまっすぐに赤沢を見つめた。

「ちょっとだけな。たとえば、ああ見えて片瀬理人サンは意外に普通の人間なんだ……とかね」

「あの、意味がよく……」

「ま、そのうちわかるんじゃないの。俺の見立てでは、そうそう長くは保たないと思うんだわ」

「全然わかんないです」

赤沢の言葉は、片瀬や妹尾以上に理解できない。まるで暗号か、異国の言葉のような難解さだ。確かに時間の無駄かもしれない。

だがこの男ならば、今すぐ片瀬と話せるようにしてくれそうだ。それだけの位置にいるような気がする。

「あの、お願いがあるんですけど」

「ええー困るなぁ」

用件を言わないうちから、いやそうな顔をされてしまった。笑いながらだし、口調も軽いが、実は本音だと言われても不思議ではない。おそらく赤沢は、頼みごとによっては本当に困るくらいに、いろいろなことを知っているのだ。

だがここで引き下がるわけにはいかなかった。

「片瀬と話したいんです。放っておいたら、今度いつになるかわかんないし」

「いいよ」

「え……？」

「電話くらいなら、かまわんよ。繋げるだけだろ？　その後のことは知らねぇからな」

実に簡単に、赤沢は言った。

深里は大きく目を瞠って、まじまじと赤沢を見つめた。あまりにもあっさり了承《りょうしょう》されて、拍子抜けしてしまった。

「何？　いらねぇの？」

「い、いえっ。お願いします……！」

「はいはい。待っててねー」

赤沢は鼻歌まじりにボタンを押していく。身がまえた様子はまったくなく、かなり気楽そうだ。

少し待った後、赤沢は口を開いた。

「あー、ちょっといいかい？　今さ、深里くんが来てるんだよね。で、代わるからよろしく。ほい」

さっと携帯電話を差しだされ、深里は慌てて受けとった。心の準備は整っていないが、ぐずぐずしている暇はない。すぐに出ないと、切られてしまう可能性がある。

「も……もしもし」

『どうした？　勝手に事務所に行って、何がしたいのかな』

　用件なんてわかっているのに、白々しいことこの上ない。深里と妹尾の電話に割りこんだことくらい、聞いたはずなのだ。あの場面で妹尾が深里の電話のことを黙っている理由はないだろう。

「ほんとのこと知りたい。あんたが教えてくれたら、勝手なことなんかしないよ」

『おとなしく帰りなさい。必要と思えば、私から話すよ。それまでいい子で待っていることだ』

「待ったって無駄なんだろ。きっと、あんたは一生必要だとは思わないんだよ」

『私の言うことが信じられないか？』

「無理」

『では何を言っても無駄だね。たとえ私が本当のことを言ったところで、おまえは信じないんだろう？』

　詭弁《きべん》だ。話す気など皆無《かいむ》だということだけが、はっきりとわかる。迷惑そうな片瀬の口調に、電話を持つ手が震えそうになった。

　嫌われてまで追及する必要なんてあるのだろうか。今さらのように、深里の心は怯《ひる》みそうになる。

　だが関係ないと言われて、意地になっていた。

できるなら、片瀬の口から打ち明けてもらいたかったのだ。信用に足る存在だと認めて欲しかった。視界から排除するように、背中を向けられたくはなかった。

『すぐに帰りなさい。いいね？』

「……関係ないやつの言うことなんて聞かねぇよ……っ」

ぷつっと自分から通話を切って、深里は携帯電話を赤沢に返した。それから立ち上がり、深々と礼をする。

「ありがとうございました」

「いやいや」

赤沢は楽しげに笑っていた。

「それと、迷惑かけてすみませんでした」

「とんでもない。お茶いれてもらったし、目の保養もさせてもらいました。お礼に、送ってくわ」

「い、いえっ」

それこそ「とんでもない」だ。赤沢は親切というよりも、片瀬の意図をくみとって申し出たに違いなかった。

深里は使った湯飲み茶碗をシンクに運び、送るというのをなんとか断って、ちゃんと帰るからと納得させて事務所を出て行った。

だがまっすぐには帰らなかった。帰宅はするが、その前に寄りたいところがあるというだけのことだ。嘘はついていない。

深里は意地になっていた。片瀬の態度があんなだから、絶対に従うもんかという気持ちばかりが強くなる。

こうなったらもう、妹尾に直接当たるのみだ。幸い住所は覚えている。事務所をかまえるほどのジャーナリストには見えなかったので、きっと自宅だろう。留守ならば帰るまで待てばいいことだ。

地下鉄を乗り継いで目的の駅で降りたときには、もう暗くなっていた。駅は出て行く人よりも、入って行く人のほうが多かった。

さて、どちらに向かって歩いたらいいものか。

駅前の交番で訊こうかとも思ったが、どんな場所かわからないのでやめにした。その界隈の様子によっては、高校生が立ち入るのはよくないと判断され、足止めを食らう可能性がある。

周囲を見まわし、深里は派手な女性を見つけて近づいていった。見るからに夜の商売といった感じだった。

「あの、道を尋ねたいんですけど」

警戒されないよう、前置きせずに話しかけると、ヒールを鳴らしていた女性は深里を見て足を止めた。十センチ近くあろうかという高いサンダルを履《は》いた彼女は、深里よりも目線が高い。きっちりとメイクされた顔はとりあえず笑顔だが、目つきはまるで品定めをするようなものだった。

だが足を止めてくれたし、断りの言葉もないので、深里は記憶している住所を口にした。するとと彼女は細い眉を上げ、ますます興味深そうな目になった。

「そこ左に曲がって五分くらいよ。何しにいくんだか知らないけど、最近あのへんって結構ヤバイわよ」

「ちょっと用事があって」

「ふーん。まぁ、男だから平気かもしれないけど、行かないですむならやめときなさい。一応、私は忠告したからね」

「ありがとうございます」

彼女はひらひらと手を振って、まったく反対方向へと行ってしまう。

忠告されてしまったが、ここまで来て引き返すつもりもなく、深里は教えられた通りに歩いていった。

五分も歩かないうちに、意味がわかった。看板はいかがわしい店のものが目立ち、その間にバーやクラブらしきものがある。一般的な飲食店や販売店は見あたらない。派手な看板を掲げた店の入り口には、客引きらしい男たちが立っているが、声を上げて呼び込んでいる様子はなかった。

この手の場所に来るのは初めてだ。歩いている人を見ると、明らかに年齢が上のほうで、十代とおぼしき人間はたまにしか見かけない。そして数少ないその連中は、明らかに深里とは纏う雰囲気が違っていた。

自分がここでは異質であることを、否応《いやおう》なしに自覚させられた。居心地が悪くて、自然と足は速まった。

住所表示を便りに探し歩き、通りを少しはずれると、看板の洪水《こうずい》はいくらかなりをひそめた。自然と人も減った。

（このへん……）

番地はあっているので、深里は号数の表示を探して建物を見ていった。ほどなくして、目当てのビルは見つかった。

七階建ての古そうなビルだ。一階は風俗店で二階はバー。三階は会社らしきものが入っているようだが、明かりは灯《とも》っていない。その上は看板がないものの、いくつか明かりは灯っている。妹尾の住所は四階であることを示す数字があったから、上のほうは住宅用になっているのかもしれない。

隣の敷地はコインパーキングだ。ふと見ると、そこには見慣れた車が停めてあった。

「あ……」

ナンバーを見て、思わず目を瞠った。

片瀬が来ているのだ。あれから直接会って話をすることになったらしいが、わざわざ訪ねるなんて意外だった。

自分のテリトリーに入れたくなかったのだろうか。そして人目につきやすい場所で会うことも、片瀬はよしとしなかったのかもしれない。

とにかく片瀬がいるのはラッキーだ。深里は意気揚々《いきようよう》とビルに足を踏みいれた。

風俗店はもちろん入り口が道に面しているし、二階のバーも独立した階段を上がっていくようになっている。つまり三階以上へ行くときは、まったく別の入り口でいいわけだ。深里にとって少しだけ気持ちが楽な造りだった。

エレベーターのボタンを押すと、すぐにドアが開いた。

乗りこんで四階のボタンを押していると、男が二人、慌ただしく箱に乗ってきて、三階のボタンを押した。どちらも若く、二十歳そこそこといった感じだ。

狭い箱は、三人も乗ると窮屈《きゅうくつ》さを感じるほどだった。身体が接触するほどの狭さではないが、自分より縦《たて》も横も大きな男たちに埋もれる形になるのは、あまり気分のいいことではなかった。まして二人ともかなり酒を飲んでいるらしく、やたらと匂う。

深里はつい顔をしかめてしまい、それを見られないように下を向いた。万が一にでも難《なん》癖《くせ》をつけられたら、たまらないと思ったのだ。

エレベーターが三階で止まり、ドアが開いた。エレベーターホールと通路を兼ねたスペースは暗く、非常灯の明かりだけしかなかった。会社のドアも見えるが、中に人がいる様子はなく、磨《す》りガラスの向こうは真っ暗だ。

降りていった一人は、周囲を見まわしてから振り返り、ドアを押さえた。

「……っ」

いきなりもう一人に口を塞《ふさ》がれたかと思ったら、そのまま深里はエレベーターの外へと連れ出された。

ドアが閉まる音がした。

「よーし、ゲット」

「久しぶりのエモノじゃん。男だけどさ」

「俺は可愛けりゃなんでもいいよ」

くすりと笑う声が、耳朶に触れた。ぞくっと身体が震えて、深里はようやく抵抗という言葉を思いだす。

何がなんだかわからないまま無茶苦茶に暴れ、叫ぼうとしたが、身体は二人がかりで床に押さえられ、声はくぐもったものにしかならなかった。

「無理無理。諦めな」

「どうせ誰も来ねーよ。おとなしくしたほうがいいって」

かぶりを振って、せめて口だけでも自由になろうとしたが、後ろからがっちりと抱きこむ形で口元を覆われて、それは叶わない。蹴ろうとした脚も広げられ、間に入られてしまった。

「うー……！」

それからすぐに口は粘着テープで塞がれた。久しぶりだと言ったことといい、テープまで用意していることといい、常習的にこんな真似をしているとしか思えなかった。

「おまえみたいのが、一人でこんなとこ歩いてるから悪いんだよ」

「襲ってくれって言ってるようなもんだよな。このへんじゃ、レイプなんて珍しくねーんだよ」

笑いながら口々に言い、彼らは深里の身体をまさぐった。服の上からだけでなく、中にも手が入ってきて、いやらしく撫でまわしてくる。

嫌悪で鳥肌が立ち、恐怖で身体が震えた。

「かっわいいー。泣いちゃいそう」

「大丈夫だよう、ボクたち優しいからねー。暴力嫌いだから、殴るとか蹴るとか、そういうことしねぇし」

「そうそう、紳士だもんなー」

紳士がレイプなんかするかと、いつもだったら思わず言い返したかもしれない。そもそもレイプ自体が暴力だと。だが、たとえ口がきけたとしても、今の深里にはできなかっただろう。

男同士でも恋愛感情が生まれることは、何度も告白されたから知っていた。セックスがあることも頭ではわかっていた。だが現実感はなかったし、同性間でのセックスなんて自分には関係ないことだと思っていた。

こんなふうに自分が性的欲望の対象になるなんて、信じたくなかった。

胸の上までシャツを捲《まく》り上げられ、ぺろりと胸を舐《な》められる。

大きく震えたのは、感じたからじゃない。どこの誰とも知れないこんな男に、身体を舐められたことがショックだっただけだ。

（片瀬……っ）

助けてと心の中で何度も叫んだ。

こんなときに名を呼ぶのが、どうして片瀬なんだろう。優しくもないし、自分に興味すら持ってくれない、父親が同じというだけの男なのに。

男の手がジーンズにかかり、ボタンを外した。

「う……んんー……！」

必死で脚をばたつかせて床を叩き、なんとか逃げようと身を捩《よじ》るが、深里の抵抗は相手を楽しませるだけだった。

「観念しろって。慣れると気持ちいいらしいよ、ココ」

ジーンズの布越しに尻の間を撫でられて、喉の奥で引きつるような声が上がる。

「つーか、こいつ初めてなのか？　こんなの学校にいたら、俺ならソッコーでどっか連れこんでるけど」

「って、今やってるじゃん」

げらげら笑いながら、男は尻から手を前へと滑《すべ》らせる。

「っ……」

布越しとはいえ、揉《も》むようにしてそこを触れられて、深里はがむしゃらに暴れた。いやでいやで仕方ないし、気持ちがいいなんて全然思えなかった。

「早く脱がせろよ」

「だな」

ジーンズにぐっと力を加えられそうになったとき、遠くから金属のドアが閉まる音がし、続いて足音が聞こえてきた。階段を下りてくる音だった。

「……誰か来る」

深里を抱えこんでいる男が小声で言った。そうして粘着テープの上から、さらに口元を手で覆う。

「上の住人だろ」

もう一人は深里の脚を抱え、床を叩けないようにした。

階段はドアの向こう側だ。住人が外へ出ようというのだろうが、用もなく無人――であるはずの三階で足を止め、ドアを開けて入ってくるなんてことはありえない。そのまま通過して下りていってしまうだろう。

期待なんてするだけ無駄だ。深里は必死にもがき、なんとか逃げる隙を作れないものかと暴れ続けた。

だからいきなりドアが開いたとき、驚いて固まってしまった。

深里を押さえていた男たちも同様だった。いや、加害者である分、むしろ驚きと焦りは大きかったようだ。

「警察を。とりあえず不法侵入と暴行だ」

逆光で顔がよく見えなくても、そのシルエットと声で誰かはわかった。

「はいよ」

「僕がしますよ。そのほうが場所の説明しやすいし」

続く二つの声にも聞き覚えがあった。

「い、いや……別に、そんなんじゃ……」

男たちは深里を放して立ち上がり、エレベーターのドアを背にした。ごうんと機械が動き始めた。

「どう見てもレイプ現場だと思うがね」

「遊んでただけだって。そりゃ、勝手に入ったのは悪かったと思ってるけどさぁ」

「ごっこだよ、ごっこ」

すっかり逃げ腰なのは、相手が三人いるからだろう。片瀬の体格はあきらかに二人よりも勝《まさ》っているし、姿が見えている赤沢も同様だった。

小柄な深里一人が相手のときは、あれほど強気だったというのに、この違いはいっそ滑《こっ》稽《けい》だ。

エレベーターのドアが開くと、彼らは示しあわせたように素早く乗りこんだ。

本当だったら逃げられる状態ではない。ドアが閉まらないようにすることも、階段で先まわりすることも、三階程度ならば難しくないだろう。

だが片瀬はそのまま彼らを逃がした。逃げるチャンスを故意に与えたのだ。

「なんだい、ありゃ」

二人が逃げてしまうと、赤沢は呆れた調子で呟いた。それに答えた声は妹尾だった。

「この界隈《かいわい》で問題になってるやつらだよ。もう何件もやらかしてるのに、被害届は一件も出てないそうだ」

「なんで」

「写真撮って脅《おど》すらしいよ。あいつらがやってる、って噂は、前からあったあったけど、

どうも本当だったみたいだな。しかし……男もありとはね」

「なるほど。あ、んじゃ話の続きは俺からしとくわ」

赤沢はさっさとドアを閉めて、通路に深里と片瀬だけを残していった。おかげで深里はこの姿を妹尾に見られずにすんだし、おそらく赤沢からも、片瀬の身体がじゃまになって見えなかったことだろう。

片瀬は深里の前に立ち、冷ややかな顔で言った。

「立ちなさい。いつまでそうしているつもりだ？」

こんなときでも、やはり片瀬の言葉は優しくなかった。それどころか、いらだちさえ感じさせた。

じわっと涙が出そうになるのは、安堵のせいでもあったし、心の痛みのせいでもあった。俯いたまま、深里はその場に座りこんでいた。脚に力なんて入らなかったし、顔を上げることさえもできなかった。

やがて片瀬はふっと息をつき、深里の前に膝《ひざ》をつく。

着衣を直すために手が伸びてきたとき、深里は思わず片瀬にしがみついていた。

考えてしたことではなかった。むしろ考えられる状態だったら、そんな真似はしなかっただろう。

堪《こら》えていた涙がとうとうこぼれ落ちた。

自分で思っていたよりも怖くて、心細かったのだ。心の中で助けを求めた人が来てくれて、張りつめていたものが緩んでしまった。

だが片瀬は抱き返してもくれなかった。

「……立ちなさい」

腕を掴んで引き起こされても、深里は顔を上げないままでいた。粘着テープを外されて口が自由になっても、声なんて出てこなかった。

「歩けるな？」

問われるまま、今度はこくりと頷く。これ以上、片瀬をいらつかせたくなかった。

支えられるようにして、深里は再びやってきたエレベーターに片瀬とともに乗りこんだ。足は意識して交互に繰り出さねば動いてもくれない。片瀬の支えがなかったら、そもそも立ってもいられなかっただろう。

外へ出ると、片瀬はそっと深里から離れた。そして様子を見、歩けそうだと判断すると、あっさり背を向けて歩き始めてしまう。だが歩調はきわめてゆっくりだったから、深里はなるべく離れないようにしてついていった。

すぐ隣のコインパーキングで、片瀬は無言のまま深里を車中へ促し、自分は精算をすませてから運転席に乗りこんできた。

助手席に座り、深里は小さくなっていた。

「おとなしくしていろと言ったはずだ」

声はいつにも増して冷たかった。片瀬の言いつけを無視し、赤沢に嘘をついたのは、言い訳のしようもない事実だ。

深里にだって言い分はあったが、あんな事態になった上に助けられたのだから、強くは出られなかった。

「赤沢に見張らせておいて正解だったな」

片瀬の言葉に、深里はぎょっとして目を瞠った。

「つ……つけてたのかよ」

「そのおかげでレイプされずにすんだ。違うか？」

違わない。そう心の中で思ったが、認めるのは癪《しゃく》だった。異変を察して赤沢が片瀬に連絡を入れてくれたから、ほとんど何もされないうちに助けてもらえたのだ。もし誰も来てくれなかったら……と思うとぞっとした。

「もう少し注意力なり警戒心があると思っていたんだが、見こみ違いだったらしいね」

「普通にあるよ」

気がつけば、ムッとして言い返していた。ようやくここへきて、深里は落ち着きを取り戻しつつあった。片瀬の態度があまりにも普段通りだったからかもしれない。

同情もしなければ、慰《なぐさ》めの言葉も口にしない。ただ深里の行動を咎め、いやみを言うばかりだ。

　こんなときでも容赦なしかと、深里は自嘲する。いや、深里の気持ちなど片瀬にはどうでもいいことだから、彼にとっては余計な手間をかけさせられた……というだけの一件なのだろう。

「私から見れば、隙だらけだ」

　うんざりしたような声を聞いているうちに、深里の中にあった動揺や怯えといった、襲われたことによるショックはどんどん薄れていった。それよりも片瀬に対する不満がふくれあがっていく。

　深里が勝手な行動を取ったから、不機嫌なのだろうとは思う。だが今くらいは、もう少し優しくしてくれてもいいんじゃないだろうか。いや、そこまで贅沢《ぜいたく》は言わない。そっとしておいてくれるだけでよかったのに。

（けど……期待するだけ無駄か。骨折して痛がってる十歳のガキに、頭使えとかいう男だもんな）

　あのときだって片瀬は少しも優しくなかった。にこりともしなかったし、いたわるような様子もなかった。

「聞いているのか？」

「聞いてるよ。けど、あんなのたまたまだろ。男を無理矢理やっちまおうなんてやつ、滅多にいねぇよ」

「だといいがね。世の中は、おまえが思っているほど真っ当じゃないよ」

「……旧家のご令息が詐欺師だったり？」

深里は睨むようにして片瀬の横顔を見つめた。暗がりではあるが、些細な変化も見逃すまいと思っていた。

だが期待に反し、片瀬の表情はぴくりとも動かなかった。

「子供には関係ないことだ」

「もう子供じゃない」

ムキになって深里は言い返した。こうやって顕著に反応するから、子供だと言われるのだろうと、口にしてから気がついた。

現に片瀬はふんと鼻を鳴らした。ちょうど信号待ちで車は止まっていて、揶揄するような目を向けられた。

「さっきの様子を見ている限り、とても大人だとは思えなかったがね」

「あれは……っ」

「泣くとは思わなかった」

「な、泣いてないだろ！」

泣きそうにはなったが、実際に泣いてなんかいない。そう強く主張したのに、片瀬は何も言わず、ただ黙って指先を伸ばしてきた。

触れたのは深里の目尻で、そこからそっとまつげを撫でるようにして指が動いた。

ざわっとした妙な感覚が肌の上を走る。怖気《おぞけ》のような、だが確実に甘さを含んだ、よくわからない感覚だった。

「濡れているようだが……？」

片瀬はまつげに残っていた涙を指先で拭い、ふっと笑った。

「違……っ」

「そうか？」

「そうだよ。別に、泣くようなことでもねぇし。ちょっと触られたくらいだろ。あんなの、学校でも同じようなことあったし、どうってことない」

一人にキスされそうになったのと、二人がかりで犯されそうになったのは、明らかに違うだろうと自分でも思う。それにほんの少し前に、そういう輩《やから》は滅多にいないと、この口で言ったばかりだ。だが怯えていたとバカにされて、素直に認められなくて、つい口走ってしまった。

運転のためにすでに前を向いていた片瀬は、特に何も言わなかった。この男に限って深里が口にした矛盾に気づかないはずはないが、不気味なくらい指摘してこなかった。

車内での会話はそれきりで、車が止まるまで互いに無言だった。深里は自分から何かを言う気分ではなくて俯《うつむ》いていたし、片瀬も黙りこんでいた。

車が止まったことで、深里は顔を上げた。どこかの駐車場だと気づいてよく見ると、片瀬のマンションだった。

「なんで……」

「後で送っていく。話があるから降りなさい」

「話だったら別にここでいいだろ」

長々と説教されるのはごめんだった。部屋よりは車のほうが、いざとなったらすぐに逃げ出せる。そう思ったのに、片瀬は冷ややかに言った。

「降りなさい」

かなり機嫌が悪そうだ。怒っているというわけではなさそうだが、このまま逆らっていたらどうなるかはわからない。

嘆息し、深里は外へ出ると、おとなしく片瀬の後をついていった。

部屋が最上階にあることは知っているが、まだ一度も足を踏みいれたことはない。不在を確かめたのも、下からインターホンを押してみたというだけのことだ。居場所を教えはしても、片瀬が深里や祖母をここへ呼んだことはないし、何度か来てみたが、一度もインターホンに応答があったことはない。居留守ではなく、本当にいないのだ。

片瀬はちゃんとここに住んでいるのかと、深里は祖母に尋ねてみたことがあるくらいだった。もちろん彼女は知らないことだったし、興味もなさそうだった。

初めて入った部屋の中は、予想に違《たが》わず殺風景だった。最低限のものがあるだけで、生活感などまったくない。

「酒臭いな」

いきなり言われて、深里は思わず肩のあたり鼻を寄せた。確かに少しアルコール臭がする。あの二人と密着していたから、移ってしまったのだろう。

ぼんやりそんなことを考えていると、いきなり腕を摑まれた。

「なっ……なんだよ……！」

片瀬はそのまま深里を引っ張り、バスルームでようやく手を放した。すでに脱衣場ではなく、バスルームだった。

「酒の匂いを落とすまで出てくるな」

「は？」

「そのまま部屋にいられては気分が悪い」

「だったら帰るよ。もともとあんたが連れてきたんだからな」

さすがにムッとして片瀬の横をすり抜けようとしたら、肩のところで押し戻された。自然と見上げる目はきつくなってしまった。

だが片瀬は意に介した様子もない。

「バスローブはそこにある」

「帰るって言ってんだろ……！」

「話が終わっていないよ」

「そんなの……って、あんた何し……うわ！」

いきなり頭から水を浴びるはめになり、深里は首をすくめた。片瀬がシャワーヘッドを深里に向け、レバーを動かしたのだ。

袖のあたりに少しは水を浴びたようだが、片瀬はたいして濡れもせず、さっさと出て行ってしまう。バスルームのドアは開け放されたままだが、脱衣所と廊下を隔《へだ》てるドアは閉めていった。

深里は慌ててレバーを戻し、それから大きな溜め息をついた。

「なんだってんだよ……」

もはやこのまま帰れる状態ではなかった。服を乾かさなくてはいけないし、どのみち脱ぐならば、シャワーを浴びても同じことだ。

(相当機嫌悪そうだし……)

いつもの彼だったら、たとえ匂いが気に入らなかったとしても、こんな真似はしなかったはずだ。

再び溜め息をついて、深里は服を脱いだ。

手早くシャワーを浴び、言われた通りにバスローブを纏ってから、乾燥機に服を放りこんだ。とりあえず乾けばそれでよかった。

気は重かったがリビングへ行くと、顔を見るなり声が飛んできた。

「取れたか？」

「多分ね」

「座りなさい」

片瀬が座るソファの隣――といっても、一人分のスペースを空けて、深里は浅く腰かけた。身がまえてしまうのは、これからまた長い説教が始まることを覚悟していたからだ。

だが聞こえてきたのは、予想外の言葉だった。

「学校でも襲われたことがあると言っていたな」

「……それが何？」

「何をされた？」

「は？」

深里は虚を突かれ、まじまじと片瀬の顔を見つめてしまった。

「誰に何をされたのかと訊いているんだが」

「な……に、って……」

「相手は一人か？　どこまでされた？」

「なんでそんなこと訊くんだよ」

わけがわからなくて、深里は困惑するばかりだった。片瀬が何を訊きたいのか、ひとまず質問の意味はわかったが、意図が見えない。

答えないでいる深里に焦れたように、片瀬はさらに尋ねた。

「言えないのか？」

「そういうわけじゃないけどさ……」

「テニス部を一週間で辞めたらしいが……相手は先輩というところかな」

「な……んで……」

深里は唖然としてしまう。部活を辞めたことは祖母には言ったが、理由までは教えていなかったのだ。

「まだ入学して間もないのに先が思いやられるね。あの学校にしては質の悪い生徒がいるようだし、こちらで調べて、それなりの対処をしようか？」

「ちょっ……」

それは困ると、深里は思わず身を乗りだした。これから三年近くすごす学校で、問題を表面化されてはやりづらい。

だがすぐに気がついた。今のが本気だとは思えない。片瀬がそこまでする理由もないだろう。むしろ深里の言葉の矛盾を崩そうとしているのではないだろうか。

片瀬の追及からは、そうそう逃げられるものではない。深里は観念し、大きく息を吐きだした。

「そうだよ、先輩。けど、キスされそうになっただけで、実際はされてない」

「それだけか？」

問われるままに頷いた。告白やあからさまな誘いについては言う必要もないだろう。問題になっているのは、相手からの強制行為のみだ。

「だから言ったじゃん。滅多にいないって」

「それについて同意する気はないがね。まぁ、いい。では今日のことを訊こうか。何をされた？」

「何って……なんでそんなこと教えなきゃいけないんだよ」

まっすぐに見据えての言葉は、質問ではなく拒否の意味だった。もう終わったことだし、他人が知る必要はない。まして話したいことでもなかった。

まだ服は乾かないだろうか。ちらっと時計を見て、深里は立ち上がろうとした。たとえ生乾きでも、もともと全部が濡れていたわけではないのだからかまわないと思った。

だが腕を摑まれ、あっと思ったときには引き寄せられていた。

身体が片瀬の腕に受け止められる。腰に腕をまわされて、互いの胸が密着した。

抱きしめられているのだと気づいたとき、深里はカッと顔を赤くした。

んだ。


「な……なんだよ……」

深里がもがくと、抱きしめる腕はさらに強くなった。

睨んでやろうと顔を上げた深里は、片瀬の表情を見て、言おうとしていた言葉を呑みこんだ。

いつにもまして無表情なのに、逆らいがたいほどに真剣さを感じるのはなぜだろう。

「言いなさい」

間近からまっすぐに見つめられ、深里は目を逸らしながら口を開いた。

「別に……あちこち撫でまわされて……最初は、服の上からで……」

「それで？」

「……シャツ捲られて……舐められた……」

なんでこんなことを人に報告しなきゃいけないのかと、深里の語尾は小さくなった。恥ずかしいというよりも、いたたまれなかった。

両手を突っぱろうとすると、バスローブの襟元から手を入れられた。

「何や……っ……」

驚いて、深里は硬直してしまった。

手は肌の上を滑り、バスローブの胸元を大きく開く。片瀬はそのまま、ためらうことなく顔を埋《うず》めた。

「片瀬……！」

薄く色のついた部分に、唇が寄せられる。舌先が動いて、ざわりとした感覚が肌の上を走った。

車の中で目元を拭《ぬぐ》われたときとそっくりだった。

見知らぬあの青年に舐められたときは、何を感じるでもなかった。身体は無反応であり、ただショックを受けていたにすぎなかった。

だが今は、絡む舌に嫌悪を感じない。ただこの状況に、頭がついていかないだけだ。

「やめろってば……！」

身を捩ろうとした矢先に歯を立てられ、動くに動けなくなる。痛みになる寸前の微妙な力は、暴れたらもっと強く噛むと無言で脅してきているようなものだ。

片瀬はソファに深里を横たえ、口の中で乳首を転がした。

じわじわと、少しずつ感覚が変化していく。初めての甘い痺れが、遠くから近づいてくるようだった。

自慰《じい》で得る快感とは別の気持ちよさに、深里は陶然《とうぜん》とした。

「あ……ぁ……」

こんなことをされる理由はわからなかったが、おとなしくしていれば痛いことはされないだろう。そう思って深里は片瀬に逆らわなかった。

やがて反対側が口に含まれる。放されたほうは、すぐに二本の指先に挟まれて、やわやわと揉みこまれた。擦《こす》るように、あるいは捏《こ》ねるように、指は尖った乳首を好き勝手に弄りまわした。

両方を口と手でそれぞれ愛撫され、深里はせつなげに吐息《といき》を漏らした。

そう、これは愛撫だ。片親だけとはいえ、血の繋がった兄弟でどうしてこんなことをしているのか、深里はどうしても理解できなかった。

普段から片瀬は深里になど興味を示したこともなかったのに。

「ぁん……っ」

指先できゅっと摘《つま》まれ、深里は声を上げた。

刺激を受けた途端、気持ちがいいとしか言いようがない感覚が走り、意識しないのに勝手に声が出てしまった。

深里はうろたえて、慌てて顔を背けた。

胸を弄っていた指先が撫でるようにして肌の上を滑り、バスローブを広げる。そうして紐《ひも》を解《ほど》き、前を完全に開いてしまった。

「やっ、ぁ……」

さすがに逃げようとしたものの、上から押さえられて、しかも中心を手で握られた。びくっと大きく震えたのは、衝撃と快感の両方からだった。

「ここは？」

片瀬は冷静な声で尋ねてくる。

　信じられなかった。人を押さえつけ、こんなところを触っているのに、あくまで彼は平然としているのだ。

とてもじゃないが、深里には片瀬を直視することはできなかった。

答えない深里を急《せ》かすように、片瀬はゆるゆると手を動かした。

「ぅあ……っ」

ぞくぞくとした快感が這いあがってきて、声なんて抑えられなかった。自分で触っているよりも感覚はずっと強く、まるで別ものみたいに感じる。

質問に答えなければ、やめてくれないのだ。そう思って深里は口を開いた。

「服、の……上から……」

「それだけか？　脱がされかけていたようだったが……？」

「かけただけで……脱がされなかっただろっ……」

まるで言い訳のようだと深里は思った。

片瀬たちが来るのが数秒遅かったら、きっと下半身も露《あらわ》にされていた。それは事実だろうが、深里は好きであんなことをされたわけではないのだ。被害者なのに、なんだか責められている気分だった。

これで納得するかと思ったのに、片瀬の手は離れていかない。

「なんで……こんなこと……」

問いかけに、答えはなかった。その代わりだと言わんばかりに、乳首に軽く歯を立てられた。

じわんとした甘い痺《しび》れが肌の上を撫でていき、深里は眉根を寄せた。

混乱と羞恥《しゅうち》は激しく、巧みに動く指先のせいで上手く力が入らない。それに、行為自体を深里はいやだと思っていないのだ。本当にいやだと思えば、先ほどと同じように死にものぐるいで暴れているはずだった。

気持ちがいいというのも理由だろうが、片瀬が自分にこんなことをしているのが、心に奇妙な喜びをもたらしている。

そんな自分に気がついたことが、ますます深里の混乱に拍車をかけていた。

「は……ぁ、あっ……」

先端から快楽の滴《しずく》が滲《にじ》む。

敏感な場所を滑る指先に、意識のすべてが集中してしまっていた。腰が震え、身体の中に熱が溜まっていくのがわかる。

「怖いのか？」

「誰がっ」

くすりと笑う気配がしたから、つい強がりを口にしてしまった。実際、今は怖いなんて思っていない。恥ずかしいし、かなり困惑しているが、片瀬の手でいかされること自体に恐れなんてなかった。

ただ触られて、いかされるだけなのだから。

深里はそれから間もなく、自分の甘い考えを知ることになった。

もうすぐ達するというところまで来ていたのに、弄っていた手は唐突に離れていった。中途半端で放りだされたと思ったのも束の間、深里は声を上ずらせた。

「え……？　な……何っ」

離れていった指先は深里の脚の間に深く入りこみ、撫でるような軽さで秘所に触れてきた。自分でさえも直接指を当てたことはない場所だ。

触れられて、そこは反射的にきつく窄《すぼ》まった。

「ばっ……そんなとこ、触……っ」

脚をばたばたさせながら逃げようとしたが、体重をかけられて、もがく程度の抵抗にしかならなかった。

こぼれていた滴を指で掬《すく》い取り、片瀬は指を差しこんできた。

「ひ……」

身がすくみ、無意識に力がこもってしまう。そこから異物が入ってくることなんて、想像してみたこともなかった。

痛みはさほどでもない。だが正直、気色が悪かった。体内で人の指が蠢《うごめ》いているのだから当然だ。

じわっと涙が浮かび、深里は慌てて腕で隠した。泣いているなんて、片瀬に知られたくなかった。

「やっ……め……抜け、てば……っ」

片瀬を押しのけようとして彼の肩に手をかけたのに、気がつくとスーツの上着を掴んでいるだけになっていた。

目元を覆っていた腕を退《ど》けられて、顔をさらすはめになる。

頭の中はぐちゃぐちゃで、横を向くことさえ思いつかなかった。

今まで男同士での行為についてなんて、深く考えてみたことなんてなかったのだ。学校の連中はそこまで生々しいことを感じさせなかったし、さっきの二人組に犯されそうになったときは、考える余裕もなかった。

ふと目元にあまやかな感触を覚え、深里は目を開けた。

思いがけないほど近くに片瀬の顔があり、まぶたに、そしてまつげの先に唇が触れてきたのだと気がついた。

驚いて、深里はまた固まってしまった。

「え……？」

「おまえがいい子にしていれば、すぐに終わる。犯したりはしないよ」

片瀬が訊いたこともないほど優しげな声で言うものだから、頭の中にあった言葉は何一つ出てこなかった。

人の身体の中に指を入れておいて、犯さないもあったものじゃないとか、すぐってどのくらいだとか、そもそもどうして自分がいい子にしていなきゃいけないんだとか。言いたいことはいくつもあるはずなのに。

目元へのキスで何もかも封じてしまうなんて、ずるいと思った。

片瀬の唇はそれからこめかみや頬を伝って、深里の唇に触れた。

深里は大きく目を瞠る。だがあっさりと唇は離れていき、耳のあたりに湿った舌の感触を覚えた。

今のが深里にとって初めてのキスだった。正真正銘《しょうしんしょうめい》のファーストキスだ。夢を描いていたわけではなかったが、まさかこんなふうに簡単に、ついでのように終わってしまうなんて思ってもいなかった。

ましてや相手が片瀬だなんて。

「ん……やっ、ぁ」

耳の中にぞろりと舌先が入ってきた。そうされながら、指で後ろも弄られ、深里は片瀬の背に縋《すが》りついた。上着に皺が寄ったが、そんなことは気にもならなかった。

指は緩やかに前後に動き、そこがひどく熱くなる。

声とも喘《あえ》ぎともつかないものが、ひっきりなしに深里の唇からこぼれた。

気持ちがいいとは思わないが、繰り返されているうちに奇妙な感覚が生まれてきたのは確かだ。

ざわざわと肌が粟立《あわだ》った。

執拗《しつよう》に耳を嬲《なぶ》った後、ようやく片瀬は唇を離していったが、それでもまだ深里の耳朶《じだ》を噛んだり、舌を這わせたりしていた。

「は、ぁ……あ……」

むず痒《がゆ》いように感じる後ろに、片瀬は深く指を入れた。そうしてぎりぎりまで引きだすと、今度はもう一本の指を添えて、深く抉《えぐ》ってくる。

指ばかりを意識してしまう。どんなふうに自分の中で動いているのかを、考えたくないのに考えてしまう。

そうこうしているうちに、片瀬が中で指を折り曲げた。

「ひぁっ……」

身体がびくっと大きく震えた。いや、腰が跳ねあがったといったほうがいいかもしれない。

感じたことのない強い衝撃だった。

「いいらしいね」

「やっ、い……ぁあ……！」

執拗にそこを弄られ、深里は腰を捩って逃げようとした。意識してそうしたわけじゃなく、身体が勝手に動いていたのだ。

だが押さえつけられ、それどころか胸を再び吸われて、噛まれて、中から弱いところを弄られた。

上げる声はもう悲鳴に近かった。

「あぁっ……！」

びくん、と身体がのけぞって、頭の中が真っ白になる。

ソファから浮いた背中が力を失って落ち、乱れた呼吸に薄い胸が上下した。現実に戻ったのは、片瀬の指が引き抜かれていったときだった。

深里はゆっくりと目を開けた。

人の手によって、初めていってしまった。まして後ろを弄られての絶頂だ。あまりのことに、深里はどうしていいのかわからなくなった。

ソファの背のほうを向いて身を縮めていると、片瀬の声が聞こえてきた。

「帰れそうなら送って行こうと思っていたが……無理そうだね」

いつも通りの淡々とした声だ。まるで何もなかったかのようだった。

それから片瀬は実家に電話をし、深里の外泊を祖母に伝えた。説明する声を聞いているうちに、少しずついろいろな感情や思いが蘇《よみがえ》ったり、湧《わ》いてきたりした。

驚愕から始まって、羞恥に困惑、腹立たしさに疑念。否定しようもない喜びと充足感、そして相反《あいはん》するような痛みと渇望。

あまりにもぐちゃぐちゃで、余計に何がなんだかわからなくなってしまった。

結局、少し落ち着いてから、深里はもう一度バスを使い、使えと言われた寝室のベッドに一人で潜りこむことになった。ベッドは一つしかないのに、いつまで経っても片瀬は寝室に入ってこず、深里は眠れない夜をすごした。

(なんで、片瀬は……)

暗い室内で天井を見つめ、深里は何度めかもわからない溜め息をついた。

あんなことをされたのに、怒りだとかショックだとかいうものは、それほど大きくなかった。もっと衝撃的なことに気づいてしまったからだ。

胸に抱いてきたものは、思慕《しぼ》なんかじゃなかった。異母兄としてではなく、家族としてでもなく、深里はあの男が好きなのだ。

抱きしめられて、身体を弄られて、キスをされて。片瀬にそういうことをされるのは、少しもいやではなく、むしろ嬉しいと思ってしまった。同じ日に別の男たちにされたとき

は、いやでいやでたまらなかったのに。

物陰からこっそり片瀬を見ていた子供の頃から、深里はきっと彼が好きだったのだ。

だが片瀬のほうは、どうなんだろう。彼にとって自分という存在は、どういったものなのだろう。どうして今日、いきなりあんな真似をしたんだろう。

考えても考えても、わからなかった。

好かれているとか求められているとか思えるほど、深里はうぬぼれが強くない。そんな気持ちが湧かないほど、深里は何年にも渡って片瀬から放っておかれたし、すげなくされ続けてきた。

一応は身内だから、危険が及べば助けてくれるらしいが、それ以上の必要は感じていないのではないだろうか。

いや、片瀬にとっては身内ですらないかもしれない。父親が残した、ただの子供。片瀬はあれでいて祖母に対しては、あからさまな身内意識があるようだから、彼女にとっては孫である深里を、捨ててはおけないというだけかもしれない。

いずれにしても、片瀬には兄弟という意識などまったくないし、深里は片瀬個人にとっての「何か」ではない気がする。

いささか自虐的な考えだが、期待なんて持てるはずがない。

少しでも片瀬にとって意味のある存在になりたいと思っているのに。

（でも……あんなことしたくらいだし、少しは興味とかあるのかな……）

深里が思うに、片瀬理人という男は、興味がないものに関してはそれこそ指先一つ動かさない人間だ。ましてなんの益《えき》もないことに、時間と手間を費《つい》やすとは思えない。酔狂《すいきょう》ではあるが、その酔狂さは彼にとって興味があることにしか発揮《はっき》されないのだ。

ならば望みはありそうな気がする。

がばっと起き上がり、深里は借りたシャツだけを身に着けた格好で寝室を出た。夜中の三時だというのに、リビングにはこうこうと明かりが灯っていて、片瀬は何をするでもなくソファで寛《くつろ》いでいた。

「どうした？」

「うん……ちょっと訊きたいことっていうか……」

深里は視線を落としたまま、ぼそりと言った。片瀬の顔を直視できないのは、今は仕方ないだろう。

ソファからは少し離れたところで立ち止まり、頭の中で言葉を組み立てる。言いたいことはいくつもあるようでいて、本当はたった一つだ。けれども根底にある感情は口にできないし、したくもない。

こんな男を相手に、好きだなんて言えるはずがなかった。

「あの……さ、俺にできることって、何かないかな」

「なんの話だ?」

「とぼけんなよ。あんたがやってるっていう、ヤバイ仕事のほう」

「くだらない」

まさに相手にされていないという感じだった。予想通りとはいえ、あからさまにこんな態度を取られたら、心穏やかではいられない。

深里はキッと片瀬を睨みつけた。気恥ずかしさやいたたまれなさは、この際脇へ押しやってしまうことにした。

だが片瀬は相変わらずの涼しい顔だった。

「それに、いちいち感情が顔に出るようでは話にならないね。子供が首を突っこむことではないよ」

「そ……その子供に、あんた何したんだよ」

「何? ああ……そうか、おまえにとっては一大事だったのかな」

くすりと笑われ、深里はとっさに踵を返した。寝室に戻り、乱暴に身体をベッドに投げだして、ぼすんと音がするほど枕を叩いた。

腹が立つ。あの薄ら笑いを思いだすと、今まで眠れずに悶々《もんもん》としていたのがバカらしくなってきた。

だが、片瀬は詐欺に対して否定はしなかった。てっきりしらを切り通すものと思っていただけに、意外だった。

（ちょっとは信用してくれてんのかな……）

そうだったら嬉しい。

深里はまだ高校生で十五歳だから、仲間にしてくれないのも仕方ないのだろう。でも大人になったら、片瀬の態度も変わるかもしれない。

わずかな期待を胸に、深里はおとなしくベッドにもぐりこんだ。

片瀬の言葉一つで一喜一憂《いっきいちゆう》する自分を止められない。その表情に、視線に、しぐさに、深里はいちいち心をかき乱され、考えや気分さえも、とりとめのないものにされてしまう。

頭の中はぐちゃぐちゃだ。

眠りは当分、訪れそうもなかった。


その日を境に、片瀬との関係は変わった。

頻繁ではなかったが、ときどき食事に誘われれば、その後は身体を触られて、最初のときと同じように一方的にいかされた。

回を追うごとに深里の身体は行為に慣れていき、気持ちの上でも慣れていった。

だが片瀬はけっして身体を繋ごうとはしなかったし、自らの着衣を乱そうともしなかった。キスだって触れるだけで、舌を入れようとしなかった。

触れられれば喘ぎ、媚態《びたい》をさらすようにすらなっていきながら、深里からはその意味を問うことはなく、片瀬から語られることもなかった。

片瀬は性的にどこかおかしいか、自分のことを反応するオモチャ程度に思っているか、どちらかだろうと思った。

深里が自分から離れていかなかったのは、何も期待していたからじゃない。いつか片瀬が愛してくれるとか、特別な存在にしてくれるとか、そんな甘い考えを抱いていたわけじゃないのだ。

傷つくのがわかっていて期待なんかできるはずがない。

深里はただ断るのが怖かっただけだ。そうしたら二度と触れてこないだろうと思っていたからだ。

それは半分正しく、半分は間違っていた。

今だったら、多少はわかる。

あの頃の片瀬は、彼なりに迷いだとか葛藤があったのだろう。深里を遠ざけようとしながらも、次の瞬間にはそばに置きたいと思い、強い欲望を抑えられないのに、完全に自分の「オンナ」にしてしまうことはできなかった。

それにしたって五年は長いけれども。

（あーあ、俺も純真っていうか、可愛いもんだったよなぁ。必死でさ、いろいろ悩んじゃってさ。あの後、五年もオモチャだったんだから、当然だよな）

正確なところは「片思いだと信じていた」だけなのだが、深里は片瀬の気持ちなんて知らなかったので同じことだ。

あの頃は、あんな男を一途《いちず》に慕《した》い、少しでも自分に目を向けさせようと頑張っていた。まさか片瀬のほうが先に自分を好きだったなんて想像もせず、彼の一挙手一投足《いっきょしゅいっとうそく》にいちいち心を揺らしていた。

まして、襲われて震えるほど怯え、片瀬に縋るなんて、今では考えられない。年齢的な問題というよりも、経験が大いに影響しているのだろう。

まったく慣れというものは恐ろしい。

（つーか、キスより先に指突っこまれた俺ってどうなんだよ。あの野郎、あんとき最初から手ぇ出すつもりで連れこんだんだ。実はキレ気味だったんだよな。全然気づかなかった

けどさ)

深里が他人に触られたことで、片瀬の忍耐が一部切れたということなのだ。今もってよくわからない男は、いろんな部分での法則が謎で、手は出すが身体は繋がないという行為を、それから五年も続けてくれた。

(初めて突っこんできたときだって、なんか……そうだ、俺が男遊びしてるって思ったときだったっけ。なんだ……結構ヤキモチ焼きじゃん)

幾度となく勇真に言われてきたことだが、ここへきてようやく自発的にそう思った。口に出したら、「遅い」と言われること請《う》けあいだ。

ちらっと勇真を見たら、彼は小首を傾げるようにして深里を見つめていた。

「何?」

「視線遠かったよ」

「んー……別に。ちょっと昔のこと思いだしてた」

「昔って、どのくらい? 子供の頃?」

「いや、うん……まぁ子供っていえば子供だけど……十五んときのこと。俺さ、そんとき片瀬に初めて手ぇ出されたんだよ」

「……ああ」

勇真は微苦笑を浮かべた。彼も同じく受け入れる側なので、深里はとしては話がしやすいのだが、勇真のほうはこの手の話題が苦手なのだ。まして他人の下半身事情に興味があるタイプでもない。

「あいつ、ムッツリだからさ。マジで俺に欲情してたらしいけど、わかんなかったもん」

「はは……」

「別にいいんだけどさ。してるなら、わかるようにしとけってんだよな。つーか、その前に、俺のこと好きなら好きって、さっさと言えばよかったんだよ。いや、好きは一回も言われたことねぇか」

愛を告げられたことはあるが、別の言葉だった。片瀬が深里に向ける気持ちは、好きという種類のものではないのだ。

執着《しゅうちゃく》と愛。深里が思うに、片瀬が抱いているのはこの二つだ。

しかしながら勇真は少し違う見解らしい。

「好きっていうか……愛されてるなぁとは思うよ。片瀬さんってさ、世界の中心が深里さんだもんね」

「それは大げさ」

「深里さんのことが一番大事なのは確かじゃん」

勇真の口調は呆れているものだった。そんなこともわからないのか……とでも言っているかのようだ。

信乃がいなくて助かった。彼が個人的にどう思っているかは知らないが、勇真の援護《えんご》はしても、諫《いさ》めることはないだろう。

「深里さんも素直じゃないけど、片瀬さんも相当だもんね」

「いや……あれは素直じゃないとか、そういうんじゃなくて、いろいろねじ曲がってるだけだって」

「まっすぐとは思ってないけど、深里さんを中心に考えてみると、片瀬さんの行動って結構わかりやすいんだよ」

勇真を大物だと実感するのはこんなときだ。あの男を捕まえて、わかりやすいと言い放ち、にこにこ笑っていられるなんて、頼もしくもあり、末恐ろしくもあった。

ようやく春から大学一年になったばかりの、十八歳の少年――いまだに青年という感じはしない――なのに。

さすがは片瀬のお気に入りだ。

深里は大きな溜め息をついた。

「まぁいいや。片瀬のことは、あんま気にしないようにするよ。ヤバイことが起きてれば、信乃さんの耳にも入ってるだろうしさ。それより、大学楽しいか？」

「うん。生まれて初めて、電車通学してるよ」

「ああ、そっか。自転車だったんだっけ。駅まではバスか？」

「晴れた日は自転車」

「げっ……相変わらず元気だな……」

「ほんの二十分くらいだよ」

勇真にとっては大した時間でも、距離でもないらしい。夜な夜な信乃とジョギングをしているので、彼は深里なんかよりもずっと体力があるのだ。

そんな勇真が通っているのは、国立の大学だ。一時期は学費を理由に進学そのものをやめようとしていたほどなので、彼の選択肢には最初から私立という線はなかった。資産家の信乃から、行きたい大学があれば私立でもいいと言われていたらしいが、勇真は頑《がん》として国公立のラインを譲《ゆず》らず、見事合格を果たした。

知らせを受けたとき、深里は自分のことのように喜んだ。賢《かしこ》い少年なので心配はしていなかったが、やはりほっとしたし、嬉しかった。

「おかわり、いれてくるね」

勇真はコーヒーカップが空《から》になったのを見て、さっと席を立った。ちょうどそのとき、廊下の向こうでドアの音がした。信乃が書斎《しょさい》から出てきたのだ。

彼はリビングに戻ってくると、深里の顔を見て言った。

「今から毅郎《たけお》が来る。ちょうど近くにいたらしいから、直接話してくれるそうだ」

「あー……あの人ね……」

ぽんと頭に浮かんだのは、どこからどう切ってみても人の良さそうな、言い方は悪いが間抜け面《づら》だ。

深里はかつて片瀬に命じられ、名前と身元を偽《いつわ》って下田毅郎という男の元でアルバイトをしたことがある。彼は信乃の幼なじみだった。片瀬の仕事絡みではなかったが、騙すことになったのは確かなので、それすらしばらくは顔は合わせづらかった。向こうはもう気にしていないような態度だが、道ばたで偶然会ったときは、動揺のあまり手にしていた缶コーヒーを落としていた。その後は比較的普通に話していたから、単に驚いただけだったのかもしれないが。

「話してくれるってことは、何か知ってんだ？」

「片瀬の話ではないそうだが、関係してるかもしれない……と言っていたな。詳しいことは毅郎が来てからだ」

「俺がいるってことは言ったの？」

「ああ」

「そっか」

深里は小さく頷いた。承知で来るのだから、問題はないのだろう。

「今からって、すぐ？」

キッチンから飛んできた勇真の声に、信乃は頷くことで答えた。おそらくコーヒーを何人分いれるか、確認したのだ。

インターホンが鳴ったのは、それから間もなくだった。空いているガレージに車を停めて、玄関からではなく、ガレージと繋がっているドアから毅郎は現れた。

印象は以前と変わっていなかった。

「こんにちは」

「久しぶり。元気だった？」

にこにこ笑っている毅郎には、これといって身がまえた印象はない。やはりもう過去のことらしいと、深里は内心ほっとした。

勇真がいれたコーヒーを飲みながら、毅郎は雑談に興じることもなく、深里が知りたい話を始めてくれた。

「片瀬のことで知ってることは、ほとんどないんだよ。この間の投資詐欺以来、おとなしくしてるみたいだし」

「そうなんだ」

「むしろ全然噂を聞かなくなったって、親父が言ってたけど。ああ、会社からも手を引いたんだって？」

「らしいです」

「うーん……そうか。いや実はさ、片瀬本人がどうのってわけじゃないんだけど、名前が出ちゃってるらしいんだよね」

「は……？」

意味がわからないのは深里だけではなく、勇真も信乃も怪訝そうな顔をしていた。そこから話を始めればいいのに、どうも毅郎の説明は要領を得ない。

同意見だったのか、信乃が溜め息をついた。

「どこで名前が出たんだ？」

「ちょっと前から騒がれ始めてる預託金《よたくきん》詐欺があるだろ。ほら、リゾート施設の会員権がどうのってやつ」

「あ……」

深里はわずかに目を瞠った。まさかここで、あの事件が出てくるとは思わなかった。

片瀬と事件について話したとき、彼の反応はどうだっただろうか。

知りあいだということは認めていた。そして気に入らないといった態度だった。あれは自分の名前が出たせいもあったのだろうか。

「え、でもそれって、片瀬さんは関係ないんですよね？」

黙っている深里に代わり、勇真は尋ねた。

「ないだろうってのが、大方の見方らしいよ。ただ、その事件の首謀者が、自分は片瀬理人の後継者だって言ってるそうなんだ」

「はぁっ？」

素《す》っ頓狂《とんきょう》な深里の声がリビングに響く。今のは予想外だった。片瀬が指示した事件だと言われたほうが、よほど自然に受け止められた。

勇真は目を丸くしているし、信乃は呆れたような表情だ。

「後継者って……」

「片瀬さんって、弟子とかいたの？」

勇真は大真面目な顔をして深里に尋ねてきた。これが信乃だったら間違いなく冗談だろうが、おそらくこれは大真面目なのだ。

深里は慌ててかぶりを振った。

「いない、いない。そんな面倒なことしねぇって。だいたい、あいつは他人に責任持つようなやつじゃねぇよ」

「言えてるな」

「いや、後継者ってのは自称っていうか、本人が言ってるだけだと思うんだけどさ」

毅郎が言うには、今回の詐欺事件に片瀬が噛んでいないことは確からしい。首謀者が後継者と名乗っているところからも間違いないだろうと言われているそうだ。そして今回の首謀者が大きな事件を起こしたのは、これが初めてなのだという。

「確か……片瀬はそいつを知ってるみたいなこと、言ってたけど……」

ぼそりと呟くと、毅郎は少し意外そうな顔をした。

「あれ、知りあいってのは本当なんだ？」

「って言ってた。けど、どんなやつかまでは知らない」

「名前は妹尾《せのお》っていったかな」

「妹尾っ……!?」

五年前に会ったきりの男の顔が脳裏に浮かんだ。ついさっき五年前のことを思いだしていたから、タイミングのよさに啞然《あぜん》としてしまった。

滅多にないというほど珍しい姓ではないが、ちまたにあふれているものでもない。そんな名を持つ男が片瀬の周囲に出没したというならば、それは深里も知るあの男である可能性が高いだろう。

「深里さん、知ってんの？」

「多分……いや、五年前にちょろっと会っただけなんだけどさ。妹尾っていうフリーのジャーナリストが片瀬のこと嗅《か》ぎまわってたから」

「ああ、きっとそれだよ。妹尾ってやつは、もともとジャーナリストを名乗ってたらしいから」

「名乗る……？」

「実際には、金になるネタを摑んで、強請《ゆす》ってたって話だ。片瀬のことも、強請《ゆすり》のネタ欲しさだったんじゃないのかな」

「ああ……」

容易に納得できて、深里は大きく頷いた。五年前、妹尾に会ったとき感じたのは、まさしくそれだったのだ。

そして松永がもったいつけて「とばっちり」としか言わなかったことも、これで納得がいった。

「片瀬は、やり方が気に入らないみたいなこと言ってたよ」

「そうかもね。妹尾のやり方は、わりと見境《みさかい》なしみたいだよ。ヤクザともトラブル起こしてるらしいし」

「そうなのか？」

「片瀬はそのへんも上手くやってたんだろ？」

「よく知らねぇけど……」

深里はちらと信乃の顔を見た。おそらく片瀬の仕事に関しては、深里より信乃のほうがよほど詳しいはずだ。何しろ片瀬は信乃にゲームをしかけた過去がある。詳細は知らないが、そのあたりで暴力団が絡んだことがあったらしいのだ。

信乃は苦笑を浮かべるだけで何も答えず、話の続きを求めて毅郎を促した。

「それで？」

「ヤクザもまずいけど、捜査の手も伸びてるって話だ。ちょっと派手に動かしすぎたってことだと思うけど」

「捕まりそう？」

「うーん、どうかな。とにかく、片瀬が身を隠してるんだとしたら、そのあたりが原因だと思うよ」

「厄介《やっかい》ごとに巻き込まれないように？」

「そうそう。下手したら、このまま日本を離れる……なんてこともあるかもしれない」

毅郎は真剣に言っているが、深里の考えは違った。あの男に限って、ただ逃げるなんてことはないだろう。退社やら事務所の閉鎖やら、今は撤退ばかりが目につくが、それは片瀬自身ではなく周囲への配慮という気がする。配慮といっても、思いやりからではなく、今後のことやリスクを考えてのことだ。

片瀬は必ず動くはずだ。深里はそう信じていた。

「あいつがこのまま何もしないとは思えねぇんだけど」

「でも、難しくないか。下手に突くと飛び火するかもしれないだろ」

毅郎の言葉に、勇真は大きく頷いた。

「深里さんに何もないようにって、片瀬さんは一番に考えるもんね」

確固たる信念の元に言う勇真を、毅郎は目を丸くして見つめた。

　毅郎は深里と片瀬の間に恋愛関係があることは知っているが、片瀬本人には会ったことがないのだ。噂でしか知らないのだから、勇真がいくら力説したところで、冷血で知られる片瀬理人が異母弟に深い愛情を抱いている……なんて言葉には、違和感しか覚えないに決まっている。生身《なまみ》の片瀬を誰よりも知っている深里ですら、勇真の認識には頷けないものがあるのだから。

「まぁ、それはどうか知らないけどさ。えーと……妹尾が今どこにいるかは、わかんねぇよな？」

「それはさすがにちょっと……」

「だよな。うん、でもすっきりしたよ。ありがとう」

　気が楽になって、深里はにこりと毅郎に微笑む。いろいろと詐称《さしょう》していたときとは違い、心からの笑顔だ。

「いや、うん。別にたいしたことじゃないし」

　面と向かって礼を言ったせいか、毅郎はあたふたしてカップの音を大きく立てたり、忙しく視線を動かしたりした。相変わらず毅郎には年相応の落ち着きというものが欠けているようだ。とても片瀬より年上だとは思えない。

　やはり騙す側の人間じゃないなと、あらためて思った。

「毅郎さん、都合いいならご飯食べてかない？」

「えー、いいの？」

「うん。今日は深里さんも手伝ってくれるから、ちょっと豪華なんだよ。ね？」

「いや……俺はアシスタント程度だから」

とはいえ、深里も今日の夕食は楽しみだった。何しろ勇真は高校で料理部に所属していたし、この三年間、この家で毎日のように腕をふるってきた。プロ並みとまでは言わないが、かなりの腕前なのは確かだ。

これから深里は勇真と一緒に買いものへ行き、今晩は泊まる予定だ。気が楽になったこともあって、今回の滞在も楽しくすごせそうだ。

後は片瀬が連絡をいれてくれれば、それでいい。

深里はポケットの上から携帯電話に触れ、これが早く鳴らないものかと思いを募《つの》らせた。

「深里さん、ただいま」

「あ、おかえりー」

ひょっこりと顔を出した勇真を見て、深里は桜の木の下から手を振った。

傾斜地に建つ長岡家は少しばかり変わった造りをしていて、玄関は二階部分にあり、リビングや信乃の書斎などは一階だ。だからといって一階部分が地下のように薄暗いかというとそうではなく、半地下のようではあるが、採光《さいこう》についてはよく考えられていて、小さな庭が窓の外にこしらえてある。そこから階段を上がると、深里がいる本当の庭へと上がれるようになっているのだ。

ここには八重桜《やえざくら》の木が一本ある。ソメイヨシノより遅咲きのこの桜は今が盛りで、深里はさっきから独り占《ひとりじ》めで花見を楽しんでいたのだった。

「うちで花見ができるっていいよな」

「今日、晩ご飯ここで食べる？」

「あ、それいいな。夜桜見物だ」

「ご馳走は無理だけどさ、油揚《あぶらあ》げあるから、おいなりさん作って、外で食べられそうなおかず作って。あ、深里さん今日は帰るんだっけ？」

「んー、ちょっと実家に顔出そうかと思ってさ。定期的に泊まらねぇと、ばあちゃんがすねるから」

「深里さんて、おばあさんのこと大好きだよね」

勇真は深里のすぐ近くにしゃがみこみ、微笑ましげに言った。

快活さゆえに忘れがちだが、勇真は十五のときにはもう誰一人肉親がいない状態だったという。深里だって片瀬と貴子しかいないが、彼らなりに愛してくれていることだし、今となっては不満もなかった。

片瀬が以前調べたところによると、勇真には祖父がいるらしい。ただし向こうは勇真の存在を知らないし、勇真も片瀬に教えられるまで、肉親はもう一人もいないものだと信じていた。祖父は京都にある料亭の主人だということだが、深里はそれ以上のことを知らないし、勇真もまた信乃の手元にある調査書をいまだに見ていないだろう。勇真なりの考えがあって、彼は肉親の名を知ることや会うことを避けているのだ。

「好きだよ。ちょっと変人だけどさ」

「おれも深里さんのおばあさん好き」

勇真は一度だけ貴子に会ったことがある。その前から予想していた通り、勇真は貴子が気に入るタイプで、互いに好印象を抱いたようだった。そもそも勇真は、片瀬にも気に入られ、深里にも引きあわされたくらいなので、癖《くせ》のある変人にも好かれやすいのかもしれない。

「今度さ、またうちに行こうぜ。ばあちゃんも喜ぶし」

「うん」

嬉しそうに頷いて、勇真はよいしょと膝を伸ばした。

まだ外は十分に明るいが、日は落ちたので肌寒いくらいになってきている。そろそろ家に入ろうと、深里もまた立ち上がった。

「買いものしてきたのか？」

「帰りにね。鳥もも安かったから買ってきたし、唐揚げにしよっか。そしたら外で食べるのにもちょうどいいし」

「やった。おまえの唐揚げ好き。それと玉子焼きな。間に海苔《のり》入ってるやつ」

「いいよ」

「弁当なんて、何年ぶりだろ。すげーわくわくしてきた」

にわかに浮かれて歩き始めた途端、ポケットの中で携帯電話が震え始めた。うるさくないように、音は切っておいたのだった。

ふと液晶を見て、深里は思わず立ち止まった。

「か……片瀬……！」

「早く早く！　出なきゃ！」

「あ、そ……そうだ」

勇真に急《せ》かされてようやく深里はボタンを押した。待ちに待っていた電話だというのに、いざ名前を見たら動揺してしまった。

「も、もしもし？」

『電話を受けた側が、もしもしと言うのはおかしいと思うが……？』

いきなりの言葉に深里は唖然とした。開口一番に言うことではないだろうと思った。いきなり行方をくらませ、まったく連絡を寄越さなかった末にこれはない。

おかげで怒りすら湧いてこなかった。

『今は長岡のところか？』

「そうだけど」

居場所を把握されているのは今さらだ。携帯電話のＧＰＳで、居場所なんて一発なのだから。

『だったらいい。また連絡する』

「ちょっ……待て！」

危うく一方的に電話を切られそうになり、深里は慌てて呼び止めた。ほうけている場合じゃないと、ようやく我に返った。

せっかく繋がったラインを切られてなるものかと思う。ここで逃がしたら、次はいつになるかわからないのだ。言いたいことは山ほどあるが、文句の類は後まわしだ。今はそれよりも訊きたいことがある。

幸いにも、片瀬は電話を切らなかった。

「あんたはどこにいんだよ？　今までどこで何してた？　こないだ話した詐欺の首謀者が、五年前の妹尾ってのはマジか？」

矢継《やつ》ぎ早《ばや》の質問の後、一拍置いてから片瀬は言った。

『今は都内だ。妹尾で間違いないよ』

意外にも簡単に答えたが、真ん中の質問はあっさりスルーだ。しかも最初の質問だって、漠然としすぎている。

深里は大きな溜め息をついた。

気を遣ったのか、勇真は身振りで先に戻っていると伝えてきて、そのまま階段を下りていく。聞かれて困る話でもないし、いてくれても一向《いっこう》にかまわないのだが、食事の支度をするという意味もあったのだろう。

視界から消えていく勇真の姿を見ながら、深里は言った。

「厄介ごとに巻き込まれたくねぇから、急にいなくなったりしたのかよ」

『それも少しはあるが、基本的には準備のためだ』

「準備？」

『妹尾は雲隠れしているが、見つかるのは時間の問題だね。問題は、誰がより早く見つけるか……だが、私以外に見つかるのはあまり歓迎できない』

珍しくすんなりと話をしてくれるので、深里は訝《いぶか》って眉根を寄せた。ある程度は教えないと、また深里が勝手な行動を取ると危惧《きぐ》しているのか、何日も連絡を断《た》って悪かったと思っているのか。

確率としては前者が高いだろうと思った。

「なんで？　ヤクザに捕まったとき、あいつが変なこと口走ったら困るから？」

『それは問題ないが、運悪く死体になると面倒だ。私の名前が一度は出ていることだしね。だがそれよりも警察に捕まるほうが不都合かな。妹尾がどうなろうと知ったことではないが、こちらに火の粉《こ》がかかるようでは困るからね』

「まぁ、そうだよな。けどさ、連絡くらい寄越してくれてもいいじゃん」

『言ったつもりだったが……ああ、聞こえていなかったのか』

片瀬の声にいきなり笑みが含まれた。いやな予感――というよりも確信に、深里は顔を引きつらせた。

伊達《だて》に長いつきあいではない。片瀬がこの後、何を言おうとしているのかが、瞬時にわかってしまった。

『あの夜、確かに伝えたはずなんだが、私が思っているほど意識が定まっていなかったらしいね』

「……ああ、そう」

余計な反応を示したら、いやがらせが長引くだけだ。深里はそっけなく返し、誰も見ていないのをいいことに、思いきりしかめ面をした。

確かに快感に我をなくしている最中だったら、言われたとしても覚えていないだろう。あの夜は、自分がいつ眠りに就《つ》いたのかも覚えていないくらいだし。

だからといって片瀬の言い分が正しいとは限らない。本当は言っていない可能性だってあるし、深里の意識があやふやなときに言ったというならば、そもそも伝える気などなかったとしか思えない。

理由なんて簡単だ。ここだけは訊く必要などないくらい、よくわかる。深里が右往左往《うおうさおう》するのを楽しむためなのだ。

「ものすごい損した気分だよ」

『何が？』

空とぼけているのに、ちっともそう聞こえないところがまた憎たらしい。深里は小さくゆっくりと息を吐きだしてから、尖った声を出した。

「二度とあんたの心配なんてしてやらねぇからな」

『なるほど。心配していたのか』

「あ……いや、今のは言葉のアヤ……！」

『心配させて悪かったね』

「心にもないこと言われても、すげーむかつくだけなんだけど」

腹立たしさはあったが、それ以上に脱力感があって、深里はその場にしゃがみこんだ。

電話を切らないのは、まだ知りたいことがあるからだった。

「で、あんたこれからどーすんの？　準備ってやつをしたんだろ？」

『妹尾を見つけ次第……ということになるが、少し灸《きゅう》を据《す》えてから、海外にやろうと思っているよ』

「それって……高飛びさせるってことか？　罪になるんじゃやねぇの？」

『私が直接手助けをするわけではないから、問題はない』

「ふーん」

そのあたりのことを深里はよく知らないし、知りたいとも思っていない。犯罪者を逃がすことに良心の呵責《かしゃく》を覚えないわけではないが、そもそもその犯罪者を好きになって、恋人にまでなったのだから、幇助《ほうじょ》の罪を背負う覚悟くらいはできていた。片瀬が計画を隠さないのも、深里の気持ちを知っているからだろう。

「目星ついてんの？」

『いや』

「暢気《のんき》だな」

『放っておいても、向こうから接触してくるような気がするんでね。かなり追いつめられているようだし』

「ふーん。どっちに？」

『警察ではないほうに』

なるほど、ヤクザに追われているというわけだ。片瀬はそのあたりの動きを見て妹尾を捜そうとしているのだろうが、追っている二つの団体に気づかれないように、彼らより早く妹尾を見つけ出すのは難しそうな気がする。

いつものごとく片瀬からは焦った様子など窺えないから、何か勝算でもあるのだろうか。もっとも電話越しでは、確かなことなどわからないが。

「妹尾の件が片づいたら、マンションに戻れるわけ？」

「戻りたいのか？」

「そりゃそうだよ。あそこってなんか落ち着かなくてさ」

だからこそ、休みの日にこうして長岡家に逃げてきてしまった。広すぎるほど広い綺麗なレジデンスの一室は、どうしても自分の住まいだとは思えない。それは家具の類が何一つ自分の趣味ではないせいもあるだろうし、定期的に入るハウスキーピングのせいかもしれない。他にもいろいろとあるのだが、ようするにホテルの一部という事実が頭から離れていかないのだ。

『では、片がついたら部屋を探そう』

「は？」

『どのあたりがいいか、場所を考えておきなさい』

「いや、ちょっと待てって。あのマンションは？　戻らねぇの？」

『すでに人手に渡ったよ。荷物は一部預けてある』

「信……じらんねぇ……」

頭を抱えたくなってきた。片瀬が勝手なのは今に始まったことではないが、少しは人の意見も聞いて欲しいし、事前にいろいろ話して欲しいと、切《せつ》に思った。

深里はあの日、普通に仕事に行き、片瀬から食事に誘われただけだったのだ。それっきり二度と戻れないなんて、想像もしていなかった。

『どうした？』

「……どうした、じゃねぇだろ……。ああ、もういいよ。とにかく俺はしばらく実家にいるからな」

『珍しいね』

「あそこで居心地の悪い思いするよりは、ばあちゃんの小言《こごと》くらってたほうがマシ。どうせ今日から行くつもりだったし」

『確か旅行だったと思ったが？』

当然のように言う片瀬に、深里は感心した。深里なんかよりもずっと連絡を取っていないはずだし、顔も出していないらしいのに、相変わらずよく把握しているものだ。

「旅行っていうか、友達の別荘で桜見るとか言ってたぞ。今日帰って来るって言ってたから、とりあえず帰る」

『迎えに行こうか？』

「いいって。そんな暇あるなら、早く妹尾をなんとかすれば。じゃあな」

何か言われないうちにと深里は電話を切った。

ひとまず連絡をもらえたし、事情や今後の予定もざっと聞けたので、深里としては十分だった。

足取りも軽く階段を下り、家の中に入ると、キッチンから勇真がもの問いたげな顔を向けてきた。昼すぎからずっと書斎に籠《こ》もっていた信乃も、今はリビングにいて、夕刊を読んでいた。

「やっぱ面倒に巻き込まれないように、手を打ってたんだってさ。妹尾の行方を捜してはいるみたいだけど」

「そっか。なんでもなくて、よかったね」

「まーね」

「それで、迎えに来るって？」

訊いた勇真に他意などあろうはずもない。おそらく夕食がもう一人分必要になるか否かを知りたいだけだ。

　どうやら勇真の中で片瀬というのは、用もないのにここまで深里を迎えに来る男……となっているらしい。実際に来ると言っていたが、勇真が思っているのはもっと甘い関係に基づくものだから、それとは少しばかり違うのだ。

「断《ことわ》った」

「なんで？　また意地張ってんの？」

「違うって。そんな暇あったら……えーと、マンションを探せよって思ってさ。あいつ、今までのとこ手放してやがんの」

　妹尾と口にしかけたのを慌ててごまかし、深里は苦笑を浮かべてみせた。

「え……じゃ、もうないの？」

「うん。ほんとに自分勝手っていうか……少しは俺の都合も考えろってんだよ。せめて一言あってもいいよな」

「それはそうだよね。まぁ、あの人らしいといえばらしいけど」

　勇真は苦笑しながら、肉を切っている。さすがにここで庇う気はないようだった。

　深里は手を洗ってキッチンに入り、勇真を手伝おうと卵を割り、分量を訊きながら調味料を入れた。焼くのは勇真の仕事だ。深里では綺麗に巻けないからだ。

「次のとこって、どのへんになるって？」

「まだ未定……だと思う。どこがいいかって訊かれたから」

「なんだ、ちゃんと訊いてくれたんだ」

「一応な。希望出したからって、通るとは限らねぇけど。どうせ片瀬にとって都合がいいマンションになるんだよ」

吐き捨てるように言うと、勇真はくすりと笑った。

「でも深里さんには、別々に暮らすっていう選択肢はないんだね」

「え……あ、いや……そういうわけじゃ……ねぇけど……」

深里はちらっと信乃を見やった。勇真だけでなく、信乃も新聞に目を落としたまま笑っているようだ。

まるで視線に気づいたかのように信乃は顔を上げた。

「送って行こうか」

「えっ、い……いいよ、悪いし」

「ラジコンヘリ、貸してもらおうと思って」

勇真は声を弾ませ、キッチンから身を乗りだしてくる。昨晩、ふとしたことからそんな話になったのだ。今までラジオコントロールものを一度もやってみたことがないというので、深里は今度持ってくると約束していた。

「いや、でもちゃんと動くかどうかわかんねぇし。なんたって五年以上前のだし、もう全然動かしてねぇし」

「そしたら直すからいいよ」

にこにこ笑いながら勇真はごり押ししてくる。おそらくは深里を送るのに、ＲＣヘリを口実にしているのだ。

深里は苦笑し、好意に甘えることにした。

「じゃあ、そうしてもらおうかな。三つあるから、一度に全部持っていくのは無理かなって思ってたんだ。ヘリだけじゃなくて、車もあるし」

「たくさん持ってるんだね」

「小遣いとかお年玉とかつぎこんでたからさ。その後は、モデルガンとエアガンに走ったな。サバイバルゲームとか、そういうのはしなかったけど」

「想像つかないなぁ」

会話をしている間も勇真の手は止まることがなく、今は肉に下味をつけていた。さすがに、ほぼ毎日料理をしているだけあって、かなり手際がいい。

このまま嫁に行けそうだな……と考えて、もう来ているんだと気がついた。それこそ想像できないが、勇真は信乃の恋人であり、身体の関係もあるのだ。

（全然なんにも知りません……って顔に見えるのになー……）

利発そうで活発そうで、性格の穏やかさや丸さが表れた顔だ。まだ十八歳なのに、深里が知る人間の中でもトップクラスにバランスの取れた人間だと思う。

じっと顔を見ているると、勇真は手を止めて深里を見つめ返してきた。

「どしたの？」

「いや……おまえがRCを操縦してるとこは、簡単に想像できるなと思って」

「自分でもそう思う」

「けど、やっぱモデルガンは違うな」

「深里さんもだよ。ね？」

勇真が信乃に同意を求めると、信乃はわざわざこちらを見て「そうだな」と、あっさり呟いた。

そういう信乃は、かなり似合いそうだ。彼ならば銃身が長い銃でも見劣りしないし、リボルバーなんかもはまる。

（それこそマグナムとかさ。ダーティー・ハリーみたいな8インチとか、パイソンの6インチとか……。あ、そういや俺って一個もリボルバー持ってなかったな。全部オートマチックじゃん）

特に意識したわけではなかったが、それが深里の好みだったのだろう。当時は雑誌も買っていて、あれこれ眺めては楽しんでいたものだ。

まさかその数年後に本物を目にするなんて、考えもしていなかった。

（片瀬はオートって感じだよな。実際そうだったし……ああ、銃刀法違反もやらかしてんだ、あいつ……）

叩けばいくらでも埃《ほこり》が出てくる身体だ。おまけに今度は犯罪者の逃亡を助ける予定だという。

思わず溜め息が出た。

「深里さん？」

「あ……なんでもない。次、何すればいい？」

にこりと笑って深里は指示を待つ。考えたところで出るのは結論ではなく溜め息ばかりだろうから、片瀬のことは今は頭から追い出すことにした。

窓越しに見えた表示を目にし、深里はもう五分くらいで着くだろうと判断をした。

予定通り、夕食後に信乃は深里のために車を出してくれた。祖母の帰りは九時近くになると聞いているので、その頃に着けばいいだろうと、時間を見て長岡家を後にした。勇真も同行することになったので、今は三人で車に乗っている。

深里は後部座席で、勇真は助手席だ。ときどき振り返りながら、勇真は深里と他愛もない話をしていた。基本的に信乃は相づち程度だ。

「マンション、早く決まるといいね」

「その気になれば、明日にでも用意できると思うんだけどさ。問題はその気があるか、なんだよ」

「というより、妹尾って男の件を片づけるのが先じゃないか？」

前を向いたまま信乃が言い、勇真も大きく頷いた。

「まーね。慎重になってるみたいだから、すぐってわけにはいかないみたいだし。とりあえず希望条件書いて、メールで送っとこうかな」

「そうしろ。どうせ自分で探すわけじゃないだろうしな」

「あー……言えてる」

大いに納得し、深里は頷いた。片瀬がどれだけの人間を動かしているのかは不明だが、希望さえ送っておけば、近日中に条件に見あった物件が、いくつも挙がってくることは間違いないだろう。

車は幹線道路を外れ、住宅街に入った。それから間もなく、片瀬家の門が見えてきた。いわゆる屋敷門というやつだ。

信乃は門の脇で車を止めた。

「えーと、どうする？　寄ってく？」

「よそのお宅におじゃまする時間じゃないよ」

「気にしねぇと思うけど」

「うーん、ここまで来てご挨拶もしないのも失礼かな。じゃ、帰ってきてたら玄関まで行くね」

「帰ってんのかな」

明日の朝一で講義がある勇真を、深里としてはなるべく早く家に帰してやりたいと思う。

だが祖母がいるなら、間違いなく勇真に会いたがるだろう。

だが帰宅していたとしても、風呂にでも入っていたら無理な話だし、もうすませた後だとしても、寝間着《ねまき》姿だろうから、すぐに人前には出られないはずだ。

とにかくまずは確認しなければ。

「車、門の中に入れたほうがいいかな」

「外でいい。ラジコンは、すぐに出せるんだろう？」

「一応ね」

貴子が厳しいので、部屋はとても綺麗に保たれているし、収納の中もしかりだ。何がどこにあるのか、深里は完璧に把握していた。

「動作確認しなくてもいいんだよな？」

「うん」

「だったら、わりとすぐだよ。急いでRC出してくるから、ちょっと待ってて」

一度では運びきれないかもしれないが、買ったときに入っていた紙袋ごと保管しているので、運ぶのは楽だ。収納から引きだす時間を考えても、五分とかからないだろう。

「じゃ、行ってくる」

深里は静かに車を降り、くぐり戸を通って家の敷地内に入った。なるべく音を立てないようにしているのは、近所への配慮だった。「旧家の坊ちゃん」の看板を、深里は部分的には下ろしていないので、特に実家にいるときは、外へ向けて「お坊ちゃん」として行動してしまう。

「あ、暗い」

家から明かりが漏れていない。予定より遅れているのだろうか。あるいは予定そのものが変わった可能性もある。

(まさか、もう寝ちゃったなんてことはねぇよな)

深里は鍵を開け、「ただいま」と口にしながら家の中に入った。

返事はなかったし、中から物音もしない。やはり帰宅していないようだった。

貴子がいないのならば……と、深里は玄関の扉を開け放したまま、廊下を走って自室に向かう。普段だったら絶対にできないことだ。

片づいた部屋に飛びこみ、ここ数年はあまり開けたことのない収納の扉を開いた。

思っていたより埃っぽくないのは、深里がいない間も定期的に掃除をしているからだ。もちろん貴子が働いたわけではないだろうが、指示は出してくれたわけだ。

「えーと……これは……あ、モデルガンか」

深里の中で流行《はや》った順に収納の奥へと押しこまれているから、モデルガンが一番手前にあるのだ。箱は捨ててしまったので、一つ一つが無造作に布袋に包まれていた。袋は全部で四つあった。

「懐《なつ》か……あれ？　四つ……？」

頭の中で勘定し、違和感に気づいた深里は、急いで袋を開けてみた。

出てきたのは、見覚えのあるＰＰＫ。サイレンサーをつけたまま何年も放置してあったようだ。

「動くのか、これ」

次々と開けていくと、四つめで覚えのないものが出てきた。

「ベレッタなんて、買ったっけ……？　サイレンサーまでついてるし……」

記憶の糸を辿《たど》ってみても、一向に思いだせない。それとも覚えていないだけで買ったのだろうか。

（エアガンのガバメントと、モデルガンのオートマグとサイレンサーつきのＰＰＫ……だよな。これはちゃんと覚えてる。けど、ベレッタ……？）

深里は首をひねり、やがてはっと息を呑んだ。

頭に浮かんだのは片瀬の顔だった。あの男は本物の銃を所持している、もしくはいつでも所持できる。知らない間に人の部屋に入り、モデルガンと一緒に本物を紛《まぎ》れさせていた可能性はないだろうか。

普通はそんなことはしないが、あの男は普通じゃないのだ。

安全装置がかけられていること確かめてから、深里は恐る恐る銃口を覗きこんでみた。

「げっ……」

手にしている銃は、口が塞《ふさ》がっていなかった。考えてみれば、色も金属部分が黒い。これはモデルガンの規格として現在ではないことだが、古いものなのだろうか。

弾倉《だんそう》を引き抜いてみると、びっしりと弾丸が入っていた。

「ど……どうしよう……」

ぶるぶると手が震えてきて、深里は銃を床に下ろした。まだ本物と決まったわけじゃないが、モデルガンとは思えない要素がいくつもある。

片瀬に電話したほうがいいだろうか。

「あ、その前に勇真たちだ」

いつまでも待たせておくわけにもいかないが、銃のことは言うまいと思った。特に勇真の耳には入れたくないことだ。

深里は急いでRCヘリを出した。ヘリは箱ごと取ってあるので、紙袋に入ったまま二つ持ち、勇真たちのところへと急ぐ。

思わぬものが見つかり、予定外に時間を食ってしまった。急いで戻ると、勇真たちは笑いながら迎えてくれた。

勇真が車から降り、後部のドアを開ける。

持ってきた袋を横にしてシート上に乗せていると、覗きこむようにして勇真は小声で尋ねてきた。住宅街ということを考慮した声だった。

「なかなか見つからなかった？」

「ああ……ちょっと、思ったより奥のほうに入ってたから。待ってて、ヘリもう一機と車持ってくるよ」

「手伝う？」

「いいよ、あと二つだし。あ、そうだ。ばあちゃんはまだ帰ってなかったよ」

深里はそう言いながら、くぐり戸を抜けた。

「待て」

短く発せられた信乃の声が聞こえたのは、門の内側に入った直後だった。深里は足を止め、車のほうを振り返る。

大きな声ではなかったが、探るような鋭い声だったから、少し驚いてしまった。

信乃は素早く車から降りると、同じようにくぐり戸を通ってきた。

「信乃さん、どうかしたのか？」

「……誰もいないはずなんだな？」

「そうだけど……な、何？」

どぎまぎしながら問い返すと、信乃は家のほうへと目をやり、しばらく黙りこんでから、おもむろに深里を門の外へ出そうとした。

「ちょ……待っ……」

「人の気配がする。家の中だな。念のために外へ出てろ」

「……マジ？　もしかして、片瀬とかじゃ……？」

「暗がりの中で隠れて待ってる男だと思うか？」

「……いや」

そんな愉快な男だったら、もう少しいろいろなことが違ってきていただろう。別の方法で深里をだましたり驚かしたりはするだろうが、少なくとも隠れてじっと待っているような真似はしない。

思わずごくりと喉を鳴らしてしまった。

「泥棒かも。庭に潜《ひそ》んでたとか……」

「庭の防犯システムはどうなってるんだ？」

「えっと、カメラが三ヶ所あるだけ。センサーは鬱陶《うっとう》しいからって、ばあちゃんが外させちゃって……あ、玄関……」

とっさに振り返った先には、開け放たれた玄関が見える。どうせ門の外には勇真たちがいるからいいだろうと思っていたのだ。

気配に聡《さと》い信乃が、誰かいると言ったからには、間違いなく人はいる。

深里は、はっと息を呑んだ。まずいことを思いだした。

「やばい、ベレッタ」

「ベレッタ？　おい、待て……！」

慌てて戻ろうとしたら、信乃に腕を摑まれた。

「どういうことだ？」

「それが、俺が昔買ったモデルガンの他に、もう一挺《いっちょう》あってさ。銃口は塞がってねぇし、全体的に黒っぽくて。もしかして片瀬が本物紛れこませてたのかもって……」

「何かあったの？」

ひょいと顔を出してきた勇真を、深里は慌てて門の外へ押し戻した。勇真には車の中にいて欲しいくらいだった。

そのとき、背後で信乃が呟いた。

「いたぞ」

「え……？」

信乃の声に振り返ると、玄関の影に人の姿があった。距離があるのではっきりとしたことは言えないが、覗いた顔には見覚えがある。

五年分の違いこそあれ、妹尾に間違いなかった。

「あいつ、妹尾だ」

「どういうことだ？　片瀬は承知なのか？」

「いや、それはないと思う。何も聞いてねぇし」

基本的に信用ならない男だが、ここは確信を持って言えた。深里が実家に戻ると知っていて、妹尾を潜伏《せんぷく》させるはずがない。もし何か事情があってそうせざるを得なかったとしたら、片瀬は逆に深里を実家に近づけないようにしたはずだ。

追われて逃げ場をなくした彼が、片瀬になんとかしてもらおうとしてここへ来たことは十分に考えられる。片瀬は今、所在が摑めない。片瀬とつながりのある場所で、潜んでいられそうなところを、妹尾は他に知らなかったのだろう。祖母が留守だったのは、深里たちにとっては幸いだった。いれば彼女は人質に取られていたかもしれないのだ。

じっと妹尾を見ていると、その手に何か握られていることに気づいた。

認めたくはなかったが、銃だった。長さからサイレンサーつきのものだとわかる。玄関の明かりを弾いて、銃はきらっと何度も光った。

深里が門の外へ出ている間に、妹尾は家に入ってあれを見つけてしまったのだ。追われている彼が、身を守ろうと銃を手にしたのは無理もない話だ。深里を人質に取り、片瀬に要求を通そうとした可能性も高い。

「見えてる？」

「ああ。片瀬は妹尾を高飛びさせるつもりなのか？」

信乃の声は低く小さく、勇真には絶対に聞こえないようにという配慮がなされていた。詳しいことは何も教えていないのに、そこまで読んでいるのはさすがだと思った。

「うん。その前に、お灸を据えるみたいなこと言ってたけど」

深里は視線を妹尾から外さないようにしながら答えた。玄関からこちらの様子をじっと窺っている妹尾は、ここから見てもわかるほど怯えている。深里たちの位置には明かりがないので、顔がよく見えないのだろう。一緒にいる信乃のことを、誰なのかと探っているようにも思えた。妹尾は、片瀬が来ることを期待しているはずだった。

灸だと片瀬は言っていたが、要するに脅すのだろう。そのためのネタなど、いくらでもあるのだろうし。

「灸か……。だったら、少しばかり痛い目を見せてもかまわないな？　こうなった以上、協力するよ」

「不本意だけど？」

「そうだ」

信乃はふっと笑い、それから意識を門の外へと向けた。視線は妹尾に向けたままだったが、深里には感じ取れた。

何か変わったことがあったのか、それとも勇真のことを案じているのか。

答えはすぐにわかった。

「片瀬さんが来たよ」

勇真が外から教えてくれる。外にいろと言われればちゃんとそれを守るあたりが、止められても首を突っこんでいく深里とは違うところだ。

ふうっと息をついて、深里は信乃を見上げた。

「協力っていうか、頼んじゃっていい？　俺は手出ししないほうが、いいだろ？」

「確かにな」

車のドアが開閉する音がし、門の外から話し声が聞こえてくる。具体的な内容は聞こえないが、だいたいの想像はついた。

片瀬が来たなら、後始末が楽でいい。また勝手なことをしたと文句を言われるかもしれないが、今回は信乃がいるわけだし、自分から首を突っこんだというよりも、勝手に妹尾が来ただけだ。自発的に協力させてもらうくらいは、かまわないだろう。

片瀬が顔を出そうが出すまいが、妹尾を押さえてしまったほうがいいのは変わらないのだ。このまま銃を持たせておいても、相手が優位に立ってものを言ってくるだけだろうし、片瀬だってまずは自分の優位を奪うことを考えるはずだ。

深里の横で、すっと音もなく信乃が動いた。

「く、来るな。撃つぞ……！」

妹尾は恐慌《きょうこう》を来《きた》して銃口をこちらに向けた。だがそんな威嚇《いかく》など信乃に通用するはずもなかった。

撃つつもりはなかったに違いない。推測だが、意識して引き金を引いたというよりは、手が震えて引いてしまった……という感じだった。

バシュッという空気が破裂したような音が、大きく響いて聞こえた。サイレンサーによって消された銃声だ。

「深里……！」

片瀬の声が、背後から聞こえた。

がくんと、座りこむようにして膝をついた深里は、そのまま小さくうずくまった。ゆっくりと倒れて感じた地面は、思っていたよりも冷たかった。

足音が近づいてくるのが聞こえる。

「う、うわ……っ」

妹尾が動揺して震えている隙に、信乃は一気に距離を詰めた。

一分《いちぶ》の隙もない動作で、手を取り足を払い、俯《うつぶ》せに床に叩きつける。妹尾がうっと呻《うめ》いたときには、もう腕は背中で捻《ねじ》り上げられていたし、頭は床に押さえつけられていた。

抱き起こされた深里は、視線を片瀬に移す。それを黙って見つめた片瀬は、無言のまま深里を抱き上げた。そして家の中へと入って行く。

最も手前の部屋に深里を運んでそっと床に下ろすと、片瀬はすぐに玄関へ戻った。

「申し訳ないんですが、車を中に入れてもらえますか」

「……わかった」

信乃は妹尾から離れると、拾った銃と片瀬のキーを交換して出て行った。

片瀬は銃口を妹尾に向けながら、携帯電話を取りだしてボタンを押した。その間も視線と銃は妹尾に向けたままだった。

「至急、先生を家に。けがが人がでましてね。それから赤沢に連絡をして、何人か寄越すように伝えてください。妹尾を押さえたと言えばわかります」

片瀬は落ち着いた声で手短に指示を出すと、携帯電話をポケットに収めた。

縛《しば》られているわけでもないのに、妹尾はぴくりとも動けないまま、目だけを片瀬に向けている。銃口が向けられているのだから当然だろう。

「ずいぶんと簡単に撃ってくれたものですね。さっきの男を、追っ手と勘違いしたんですか？」

片瀬の声は冷ややかだった。

あの暗がりでは、信乃の姿などよくは見えなかったはずだ。まして妹尾が狙ったのは信乃であり、深里ではなかったのだ。それは深里が倒れたときの、妹尾の表情からも明らかだった。

「あれを傷つけた代償は大きいですよ」

「待ってくれ……！ そんなつもりじゃなかったんだ！」

「どんなつもりだろうと、結果として私の身内が撃たれた。それは変わらない。この場であなたを消したいくらいですよ」

ひやりとした声に、妹尾は息を呑む。片瀬が怒気《どき》を露《あらわ》にしていなくとも、威圧感は十二分にあった。

「誠意を見せていただけるなら、これからの話もできますがね。一応、選択肢を用意させてもらっていたんですよ」

「選択肢……？」

「警察か組に引き渡す。どちらもいやだと言うなら、日本から出ていただく。選んでいただくつもりでした」

妹尾にとって、選択肢など最後の一つしかないも同然だった。もちろん片瀬にとっても最初の一つは問題外だが、二つめは妹尾にとって最悪の形なのだ。組に見つかれば、痛い

思いをした上に金を巻き上げられることが目に見えているからだ。

「高飛びさせてくれるってことかっ……？」

「二度と私たちに関わらない。帰国もしない。それが最低条件です。渡航に関しては、私の知ることではありませんので、紹介先と話しあってください。まぁ、私としては、組に引き渡すのが一番楽でいいんですが」

「そ……それは勘弁してくれ、頼む！」

「では警察はどうです？　仮に深里を病院に運べば、傷害罪もつきますよ」

「そんなことをしたら、ここに銃があったってこともバレるぞ……！」

「あったという証拠はありますか？　そちらが発砲した事実なら、うちの防犯カメラに映っていますがね」

笑みを含んだ片瀬の言葉に、妹尾は押し黙った。もちろん妹尾があらかじめ所持していたことを示す証拠もないが、実際に撃ってしまった以上、どちらが不利かは比べるべくもない。

「どうしますか？」

「……誠意ってのは、金か？」

「解釈はそちらの自由ですよ」

片瀬は多くを口にしない。だが今の妹尾にできることなど限られていた。

開け放した玄関からは二台の車が見えている。信乃が敷地内に入れたもので、彼と勇真は車内にいた。

それから間もなくして、一台のバイクが敷地内に入ってきた。乗ってきた人間は乱暴にバイクを止めると、バックパックを背負ったまま慌ただしく玄関に駆けこんできた。ヘルメットはそのままだった。

片瀬が視線で背後の部屋を示すと、男は黙って入っていった。

その後で車がやってきた。

「迎えが来たようです。行き先のリクエストは彼らに言ってください」

「……さっきのは医者か？」

「そうです。幸い、たいしたことはないようですが、もし大事に至っていたら、選択肢はありませんでしたよ」

「組……ってことか？」

「まさか。海に蓋《ふた》はないということです」

片瀬はうっすらと笑いながら言い、視線を外へ向けた。

入ってきた二人が、黙って妹尾を引き立てる。従うしかないとわかっている妹尾は、おとなしくしていた。

そのまま言葉もなく妹尾は車に乗せられ、片瀬家の敷地から出て行った。心得たもので、引き取りに来た二人はきちんと門を閉めていった。

「帰りました？」

「ああ」

部屋から声がしてすぐに、関原《せきはら》が玄関へ姿を現した。すでにヘルメットは取っていて、背負っていたものも下ろしている。

その後ろで、深里は溜め息をついた。玄関先まで出て、服についた汚れをぱんぱん叩いて落とし、車中の二人に小さく手を振った。

信乃は最初からわかっていたはずだが、一応なんともないという合図だ。

深里は片瀬を振り返り、呆れ半分に言った。

「まさか脅しのネタにされるとは思わなかったな。ちょっとあいつを驚かしてやろうと思っただけなのにさ」

「あるものは無駄なく使う主義だ。で、ベレッタはどこだ？」

片瀬は手にしたＰＰＫを深里に渡しながら尋ねた。

「俺の部屋」

「持ってきなさい」

「あれって何？　本物なのか？　なんで、あんなとこに置いてあったんだよ」

「私の部屋は何も置いていないのでね。銃だけが置いてあったら、目立つだろう？　あれは無可動実銃だし、弾も偽物だ。外からは、そうとわからないようになっているがね」

「ああ……そう」

深里はがっくりと肩を落とし、言われるままに部屋までベレッタを取りに行った。面倒だったが部屋に置いておきたくなかったし、関原を自室に入れたくはなかったからだ。まして片瀬が取りに行ってくれるはずもない。

戻った深里は、手を差しだす関原にベレッタを渡した。もちろんサイレンサーも一緒だ。

「んじゃ俺、帰りまーす。またな」

足取りも軽く関原は家を出て行った。バイクの音が遠ざかるのを耳にしながら、深里は再び溜め息をつく。

「あのさ、さっきの電話。俺が撃たれたのが嘘ってこと、相手にどうやって伝えたんだ？」

聞いていた限りでは、それらしい単語は含まれていなかった。わかったのは、相手が赤沢じゃないということくらいだ。

「さっき、関原さんに電話してたのか？」

「いや、赤沢だ」

「は？」

「だって途中で名前……」

「特定の言い方をすれば、真意が通じるようにできているんだよ。おまえの知らない法則が、いくつもあるということだ」

片瀬はそれだけ言って、外へと視線を流す。すると待っていたように、車の中から信乃が出てきた。

どうやら「法則」について片瀬は語るつもりがないようだし、深里も突っこんで訊くほどの興味はない。それよりも、信乃に尋ねたいことがあった。

「ちゃんとモデルガンだってわかったんだ？」

「ベレッタじゃないのはな。銃身も金色だったし」

「十分だよ。妹尾はモデルガンの規格、知らなかったみたいだな」

おかげで首尾よくだまされてくれた。いずれ気がつくこともあるかもしれないが、そのときは、改造拳銃だったとでも言えばいいだけだ。

そんなことを考えていると、片瀬が口を開いた。

「今日のお礼は後日しますよ」

「いや、いい。珍しいものを拝《おが》ませてもらったからな」

信乃は目元に笑みを浮かべた。

「顔色が変わってたぞ」

「そうでしたか？」

「こいつを抱き起こすまでは、本当に撃たれたと思ってたんだろう。おまえでもだまされることがあるんだな」

「人生初かもしれませんね」

片瀬は少しも動じることなく言葉を返す。

二人のやりとりを聞きながら、深里は内心驚いていた。言われてみれば、あのとき切羽《せっぱ》詰《つ》まった声を耳にした気がする。駆け寄ってくる足音も聞いた。妹尾を取り押さえる信乃に注意を向けていたから、深里は片瀬の様子をよく覚えていなかったが、抱き起こされて目があったとき、ほんのわずかに間があったように記憶している。

（片瀬が、だまされた……？　俺に？）

たとえほんの数秒間のことだろうと、深里は満足だった。自分がだまされることはあっても、逆は一生ないと思っていたのだ。結果的にそうなっただけだとしても、高揚《こうよう》感を止めることはできなかった。

口元をむずむずさせていると、ふいに信乃の視線が深里に流れた。

「得意になってるところに水を差すようで悪いんだが、後のことを考えたほうがいいぞ」

「え？」

「まぁ、頑張れ。またな」

信乃は深里の肩をぽんと叩いて、勇真のところへ戻っていく。

勇真はドアを開け、車からは降りることなくこちらに手を振った。表情はよく見えないが、きっとにこにこ笑っているのだろう。

つられて手を振りながら、深里は言葉の意味を考えてみた。

「あ……」

いやなことに気づいてしまった。どんな形にせよ、だまされた片瀬がこのまま黙っているはずがなかった。

「さて、まずは長岡たちを送り出そうか」

「まずは……って……」

恐る恐る片瀬を見上げると、彼は信乃たちのほうを見ていた。いつもと変わらずに見える横顔のまま、彼は深里の腰に手をまわしてきた。

「心配させてくれた礼はしないとね」

「い、いい」

「遠慮することはないよ」

ようやくこちらを向いた顔には笑みが浮かんでいて、深里はそのまま凍りついた。怒気を露にした顔よりも、無表情よりも、笑顔のほうが怖かった。

片瀬は深里を玄関先に置いたまま信乃たちを送り出し、門を閉ざして帰ってきた。

玄関が閉ざされる音が、やけに大きく響いて聞こえた。囚《とら》われた音だった。

すっと手を伸ばされ、深里はすくみあがる。

「少し汚れたね。風呂に入ろうか」

片瀬は深里の腕と腰を捕らえ、そのまま引きずるようにバスルームへ向かった。

深里の実力で逃げられるはずはないし、仮に逃げられたとしても意味がないことはわかっていた。問題が先延ばしになるだけだ。

脱衣所に連れてこられたとき、ポケットで携帯電話が鳴った。その音に深里は目を輝かせ、顔を上げた。

「ばあちゃんだ！」

そうだ、貴子が帰ってくる予定なのだ。いくら公認の関係だとはいえ、まさか片瀬だって貴子がいる家の中で無茶なことはしないだろう。

片瀬はだめだと言わないし、携帯電話を取り上げようともしない。つまり出ていいということだ。

「もしもしっ？」

『それは、かけた私が言うことですよ』

いきなりそこからかと、深里は脱力した。夕方の片瀬といい、似ていないようで彼は妙に似通ったところがあった。

「以後気をつけます。今どこ？　遅いじゃん。後どのくらいで着きそう？」

『それなんですけどね、今日は帰れなくなりましたから、お留守番を頼みますよ』

「へ……？」

『理人には言っておきました。まだ来ませんか？』

「な……なんで？　何かあったの……？」

『お友達が具合を悪くなさって、緊急入院したんですよ。大事には至らなかったのだけれどね』

「そ……うなんだ……」

『今日はこちらに泊まって、明日帰りますからね。おやすみなさい』

「……おやすみ」

切れた電話を、深里はしばらく耳に当てていた。そこへすっと手が伸びてきて、携帯電話を取り上げられてしまった。

片瀬は携帯電話を閉じた後、それを棚の空いているスペースに置いた。

「そういうことだ。気兼ねはいらないな」

「ちょっ……」

「ああ、そういえば前にもこういうことがあったね。覚えているか？」

「……当たり前だろ。わかったよ、もう」

深里は片瀬の手を振り払い、自らシャツのボタンに手をかけた。いきなり五年前の話を持ち出してきたのは、従わなければあのときと同様に服のまま水なり湯なりをかける……

という脅しなのだ。

おとなしく服を脱いでいると、いきなり腕を引かれて抱きしめられた。

はっとして顔を上げた深里は、眼鏡を外す片瀬を見て、彼の目的を知った。だが逃げる間もなく、唇を塞がれた。

「ん……っ」

触れあうなり入りこんできた舌に、口の中をいいように嬲《なぶ》られる。キスばかりは甘いことが多い片瀬だが、今はまるで噛みつくようだった。

もしかして、涼しい顔をしながらも、心穏やかではなかったのだろうか。

こうなって初めて深里は気がついた。

密着したまま片瀬はバスルームに入り、シャワーを出した。五年前はほとんど深里だけが濡れることになったが、今日は違う。片瀬だって、たちまちずぶ濡れになった。

家は古くからあるものだが、水まわりなどは直されていて最近のものとなっている。バスルームもユニットではなく、無駄なくらい広い空間だった。

(あー……もうむちゃくちゃだよ、信乃さん)

おそらく信乃としては一言告げて、片瀬の反応を見たかっただけなのだろうが、結果として片瀬を焚《た》きつけてしまった。

果たしてどれくらい泣かされるはめになるのか。

明日も仕事が入っていないのは、こうなったら運が悪かったといえる。片瀬は仕事をさぼらせるような真似は絶対にしないし、支障が出るようなこともしないからだ。深里がいまだに理解できない、片瀬の一面だった。人を騙して大金をせしめるくせに、仕事への責任というものにはめっぽう厳しいのだ。

服が肌に張りついて気持ちが悪い。だが深里はまだいい。片瀬のスーツは大丈夫なんだろうかと、こんなときなのに気になってしまった。

「シャワー……止め、ろって。なんの……プレイだよ……っ」

二人して服を濡らす必要なんてないはずなのに。

キスの合間に訴えても、片瀬は聞いてもくれなかった。ならばと、手を伸ばして湯を止めようとしたら、その手を掴まれた。

「待ちたくないだけだ。久しぶりだからね」

「ばっ……」

片瀬は深里を壁に押しつけ、さらに深く口腔《こうこう》を貪《むさぼ》った。そうしながら、シャツの上から肌を撫でまわした。

焦《じ》らすようにしてゆっくり近づいたのは胸元だ。

少し弄《いじ》られただけで、ぴったりと張りついた布を押し上げるようにして乳首は立った。

「んぅ、ふ……」

布越しということもあってか、いつもより少し強いくらいに指先で摘《つま》まれる。やわやわと捏《こ》ねまわされ、甘い痺《しび》れが肌を走っていった。

初めて触れられた日以来、幾度となく片瀬の愛撫を受けてきた身体は、たやすく快楽を拾ってしまう。

キスと指先の愛撫は、深里の官能を呼び覚まし、火をつけ、抵抗感というものをあっさりと消し去った。

深里は両手で片瀬の背中に縋りつく。

スーツがどうなろうと知ったことではなかった。どうせずぶ濡れなのだし、スーツの一着や二着、片瀬にとっては痛くも痒《かゆ》くもないだろう。

指先を追って、唇が首から胸へと下りていく。

「ぁ、あん……っ」

乳首を口に含まれ、深里はたまらず声を上げた。だがシャワーのおかげで、思ったほど声は響かなかった。

布越しの感触がもどかしい。だが直接触れられるのとは違うそれが、深里の官能に火をつけていく。

絡む舌が気持ちよかった。少し強く歯を当てられても、布のおかげで痛みはなく、代わりに腰が跳ねるような快感が生まれた。

「う……ぁ」

小さな呻き声は、きっと片瀬の耳にまで届いていない。今さら自分の声が恥ずかしいとは思わないが、いつもは聞きたがる男に聞こえないというのは、ちょっといい気味だと思う。

どうせ後で場所を移して、さんざん喘《あえ》がされるのだろうけれども。

胸を愛撫していた唇はそこから離れ、耳へと移ってキスを繰り返す。耳の中にまで舌先

が入りこみ、深里はぞくぞくと身体を震わせた。

片瀬の手がジーンズのボタンを外し、後ろのほうから入ってきた。目的の場所はわかっ

ているが、濡れた状態で服の中をまさぐられるのは初めてで、深里は自然と眉根を寄せて

しまった。

少しぬめりがあるのはボディソープだろうか。

そう考えた矢先、指が強引に中へと入ってきた。

「あっ、ぁ……！」

シャワーの音にもかき消されない声を上げ、深里は片瀬の背にしがみつく。指はそう深

くまで入ることなく、ぐちぐちと内部をかきまわした。

何度感じたかわからないほど、受け入れてきた指だ。繊細《せんさい》かと思うと大胆《だいたん》で、優しいか

と思うと意地悪な、愛《いと》しい指だった。

深里は甘い吐息を漏らし、ぎゅっと目を閉じた。

後ろでの快感に、今にも膝から力が抜けていきそうだ。ゆっくりと擦《こす》られると、もうたまらなかった。

「む……り……立って、らん……ない……」

片瀬の肩に顔を埋めて訴えると、仕方なさそうなキスが耳に触れた。

「もう少し堪《こら》え性《しょう》があるといいんだがね」

「我慢したら……したで、可愛くねぇ……って言うくせに」

「違いない」

くすりと笑い、片瀬は深里に膝をつかせた。そうして下肢だけ服を取り去る。濡れて張りついていたから容易ではなかったが、深里は逆らわずに協力したから、難儀《なんぎ》するほどではなかった。

濡れたシャツ一枚という、無防備で卑猥《ひわい》な格好だが、どうせ片瀬しかいないのだ。恥ずかしがるほど初心《うぶ》ではないし、下肢《かし》だけでも濡れた服を捨てられてほっとした。

片瀬はついでとばかりにシャワーを止めた。これで些細な声も淫猥《いんわい》な音も、つぶさに耳が拾うことだろう。

戻ってきた長い指は、湿《しめ》った音と共に深里をゆっくり突き上げた。

「あっ、ぁん」

異物感は最初だけだ。だがその感覚さえ、深里にとっては馴染《なじ》んだものになってしまい、快感の一種でしかなくなる。

片瀬は再び胸を吸いながら、焦れったいほど緩やかに後ろを突いた。

もどかしい疼きに、深里は縋りつく指先を震わせた。もっと激しくしてもらいたくて、自分から擦りつけるように動いてしまう。

「欲しそうだね」

「うる……せ……あぁ……」

指が深いところまで入りこみ、ぐるりと円を描くようにまわされた。それから前後に動かされると、あわせるようにして腰が揺れた。

意識なんかしていない。そうなるように、身体が覚えてしまったのだ。この男が、何年もかけて深里に教えたことだった。

すぐに指が増やされて、ぐっと突き上げられる。

「ひっ、ぁ……」

まるで捻りいれるようにされて、背中が弓なりに反《そ》り返った。自然と突きだす形になった胸に、片瀬はまた顔を埋めてきた。

敏感になった乳首を軽く噛まれ、甘いばかりの声が漏れる。

痛みの一つ手前の感覚は、深里にとって強い快感でしかなかった。弄られて感じるところはいくつもあるが、ここが弱い部分の一つであることは間違いない。

片瀬はリズムを作るようにして抜き差しを繰り返した。

指だけでいかされるのは今でもあまり好きではないが、後からちゃんと身体を繋いでくれるとわかっているから、少しくらいはいいかと思えるようになった。

「も……いく……」

「早いな」

「堪え性が……ないからな……」

精一杯の憎まれ口を叩いてやると、耳朶に軽く歯を立てられた。たったそれだけのことでも、深里は小さく震えてしまう。

「気持ちの余裕はありそうだね。まぁ、私を騙せるくらいになったようだから、それも当然かな」

うっすらと笑う顔と声が、やたらと怖い。やはりしっかりと根に持っていたらしいと、いやでも確信できてしまう。

片瀬は深里の顔を見つめたまま指を引き抜いていった。

てっきり一度めは指でいかされると思っていたから、深里は問うようにして片瀬を見つめた。

だが返事はなかった。

深里は身体を反転させられ、片瀬に尻を突きだす形を取らされた。

目の前の鏡に、しどけない自分の姿が映しだされている。これが見せたくてバスルームで始めたのかと、深里はようやく気がついた。

鏡を介して、片瀬と目があう。そのままゆっくりと、片瀬は身体を繋げてきた。深里はさすがに視線を落としたが、きっと片瀬は自分から目を離さないだろうと思った。

「は……っ、ぁ……あ……」

深里は息を吐いて力を逃がす。そのタイミングを見て、片瀬は奥へとじりじり入りこんでくる。

十分に慣らしてもらい、乱暴な挿入さえされなければ、受け入れるときにつらいということもない。深里の身体は、もっとも楽な角度やタイミングを知っているのだ。

たまらない充足感に、心までもが満たされる。指での愛撫も、それはそれで気持ちがよくて達してしまうことも多いが、やはり比べものにならなかった。自分の中が好きな男でいっぱいになる、という感覚は、指なんかでは得られないのだ。

やがて身体が深く繋がると、片瀬は深里の腰を摑み、ゆっくりと穿《うが》ち始めた。

「あっ、ぁ……う」

吐きだす息は、深里が意識しないところで勝手に声になった。呼吸の延長でしかないそれが、甘ったるい嬌声《きょうせい》になるのはあっという間だった。

鏡に手をつき、揺さぶられるままに腰を振る。さすがに目を開けて自分の姿を見る勇気はなかった。

羞恥心なんてとっくに薄れたと思っているし、自分がいかに乱れてしまうかもわかっているつもりだ。だが直視できるかといえば、それはまた別問題だった。

片瀬は深く突き上げてくると、そのまま深里の身体を抱きしめ、後ろから耳に唇を寄せてきた。

「顔を上げなさい」

「……いや、だ」

やはりそれが目的か。深里は目を閉じ、さらに下を向いた。態度でも言葉でも、きっぱりと拒絶した。

もちろん簡単に引き下がる片瀬ではなく、ぐいっと顎を摑まれて、無理に顔を上げさせられた。

「やだって……言ってんだろっ」

「縛られてビデオを撮られるよりはマシだと思うがね」

「な……ぁっ、ん」

前にまわった手で胸を弄られ、耳を舐められる。そのついでとばかりに、片瀬はとんでもないことを囁いた。

「庭にはいくつもカメラがあることだし、外へ出ようか？　着物なら、脱がなくても問題ないだろう？」

「んぁ……ふ」

耳元で囁く片瀬の声は、普段よりもずっと優しげだ。だが口にしているのは、脅し以外の何物でもない。相変わらず人を脅迫するのが得意な男は、詐欺師じゃなくて強請屋をやっても大成功したんじゃないだろうか。

逆らうのは体力と時間の無駄だ。経験上、深里はいやというほど知っている。深里が強情を張っていれば、この男は本気で庭でセックスをするだろう。実際に、真っ昼間の外で抱かれたことがあった。

今は意地を張る理由もないから、深里は息を吐きだしてから目を開けた。

「悪趣味だっての……」

うんざりした調子で深里は吐き捨てた。

いやらしい顔をした自分が、目の前にいる。快楽に潤《うる》んだ目と、上気《じょうき》した頬をして、背後からしっかり男をくわえこんでいた。

「一人で見るのは、もったいないと思ってね」

「よく言うよ。もう、いい……あぁっ、ん……んん」

深く繋がったまま内部をかきまわされ、深里は片瀬の腕の中でのけぞった。指先まで支配するような甘い痺れが走り抜けた。

　とっさに目を閉じてしまったが、片瀬は何も言わなかった。とりあえずここは気がすんだということだろう。

　そのまま胸と耳を弄られながら、身体ごと何度も小さく突き上げられた。

　さんざん高められていた熱はさらに煽《あお》られ、深里は絶頂へと押し上げられていく。触れられてもいないのに、前は弾ける寸前にまでなっていた。

「あっ、い……い……気……持ち、いい……っ」

　快楽の渦に身を投じることに、今さら抵抗はない。口ではいろいろ言うが、片瀬と繋がって、熱を分けあうこのひとときが、深里はとても好きなのだ。

　わざわざ言わなくても、きっと片瀬は知っているのだろうけれど。

　生理的な涙で霞んだ目に、片瀬の姿がぼんやりと映っていた。表情はよく見えなくなっているが、耳に寄せられたキスは結構優しい。

　深里は目を閉じ、夢中になって快楽を追いかけた。場所だとか自分たちの状態だとか、そんなことはどうでもよくなっていた。

「も、う……だめ、いく……いくっ」

　追いつめられた声が勝手に出て、次の瞬間にはびくんと身体が強《こわ》ばった。

　吐きだした白いものが、床や壁に散らばる。達するときに片瀬をきつく締めつけたのに、彼がいく様子はなかった。

「はぁ……」

気がつけば片瀬の膝の上に座る形になっていて、大きく脚を開かされていた。

飛んだ意識が戻り、自分の格好を鏡で見てしまったとき、さすがに深里はカッと頬を赤くした。

あやうく繋がったところまで見えてしまいそうだった。

「今さら何を照れてる？」

「普通だろっ。俺はあんたよりは普通の神経持っててん……ぁっ、ちょ……ぅあ……！」

「私はまだだよ」

片瀬は深里を後ろから抱え、身体を上下に揺すった。

乱れた呼吸を整える間もありはしなかった。

「あっ、ぁ……ん……ぁあっ！」

なすすべもなく快楽の渦の中に引き戻され、深里は身悶《みもだ》えしながら喘ぐしかない。溶《と》けてしまった身体は、とっくに自由にならなくなっている。

夜はまだ始まったばかりだ。

どのくらい深里が泣いたら片瀬は満足するのだろうか。それを考えると気が遠くなりそうだった。

いつからか降りだした雨は、どうやら少し弱まったようだ。

屋根や窓を叩く雨の音に、深里の喘ぎ声がまじるようなって、もうずいぶんと経つ。カーテンも引いていない窓には、次から次へと雨粒が叩きつけてきて、筋となって流れ落ちていった。

今はまったくといっていいほど使われなくなった片瀬の部屋。住みこみのお手伝いさんが、まめに掃除をしてくれるおかげで、埃っぽさはまったくない。シーツも洗濯したてのようだったが、今はもう見る影もなかった。

「あ、あ……っん、あん」

深里は脚を抱えこまれ、自分で好きに動けない状態にされて、深く交わったまま突き上げられていた。

見下ろしてくる片瀬の顔を見る余裕なんてなく、背中に縋りつくのがやっとだった。いいように揺さぶられながら、甘い声で喘ぎ続けることしかできない。

それでも、こうやって正面からしがみつき、求めればキスもできるこの体位は、いやではなかった。

こうして今、片瀬にとって二度目の行為に至るまでが、実は大変だったのだ。

片瀬はバスルームで一度目を終わらせた後、深里だけをさんざん指やら舌で喘がせ、いかせて、半ば意識が飛んだ状態になったところで、ここへ運んできた。そうしてまた執拗《しつよう》に身体を弄りまわして、深里一人だけを喘がせたのだ。

「やっ、そこ……あ、あっ、ぁ……！」

角度を変えて突き上げられて、深里はびくびく震えながらのけぞった。

ぎり、と背中に爪を立てたのは、無意識のことだった。

傷をつけられても片瀬は一向に気にせず、深里を追いつめることだけに専念していた。

何度も同じところを抉りながら、弱点の一つである胸のあたりを、慣れたしぐさで弄りまわす。

弱いところをいくつも攻められ、もうおかしくなりそうだった。

「ぁ……た、せ……片瀬……」

しゃくりあげる息の中で、懇願するように恋人を呼んだ。だが意識せず口にしたのは、彼が望む「名前」ではなかった。

深里はいまだに照れくさくて、片瀬を名前で呼べないでいる。片瀬もセックスのとき以外は強要しないからいいが、自然には出てこないし、抵抗感も強かった。脚を開いて見せろと言われたほうが、よほどマシなくらいだ。

「覚えが悪いにも程があるな」

「い……いや……ぁ、あっ」

「何度言ったらわかる？　理人、だろう？」

掠れた声は、官能を濃く含んで、深里の耳に触れてくる。声だけでも愛撫になるくらいに艶《つや》っぽかった。

「あっ、ぁ……り、ひと……」

「そうだ。もう一度、呼んでごらん」

「りひと……理人……っ」

譫言《うわごと》のように何度も繰り返し、喘ぎながら広い背に縋る。

唇に触れるだけのキスが落ちたのはご褒美だろうか。深里は身体ごと揺さぶられながら高みへと駆け上っていき、キスを求めて自ら片瀬と唇を結んだ。

舌を絡め、息や唾液《だえき》すら交わしあう。

巧みな指先に胸の粒をきつく摘まれたとき、同時に深く突き上げられ、深里は何度めかもわからない絶頂を迎えた。

「んんんっ……！」

甘い悲鳴はキスに呑みこまれた。

全身が痙攣するように震え、何も考えられなくなった。意識が真っ白になって、どこか夢心地だった。

片瀬もまた深里の中でいき、そのままキスを繰り返した。

過敏になった身体は、少し触られるだけでも激しく反応してしまい、強い愛撫はいっそつらいほどだった。

だから軽く触れるだけのキスが、たまらなく気持ちいい。

ずいぶんと経ってから、深里はようやく目を開けた。

ぽろりと本音をこぼしたら、片瀬は意外そうにくすりと笑った。

「よすぎて……死にそ……」

「それは、何よりだ」

「んぁっ……」

いきなり腰を引かれて、深里は声を抑えられなかった。ただ抜いただけなのに、この身体は感じてしまったのだ。

やっと終わりだ。これで眠れる。

深里がうっとりと目を閉じかけたとき、脚の間に指が入ってきた。

「な……っ、ぁ！　あんっ」

「このまま眠るわけにはいかないだろう」

「さっき……だって、そう言……っあぁ……！」

ぐちゃぐちゃと中をかきまわす動きは、明らかに愛撫のときのものだ。中にあるものをかきだそうとしているとは思えなかった。

「も……や……あぁっ、い……いやぁ……」

内側の弱いところを抉られ、深里は腰を捩《よじ》って身悶える。だが逃げようとする身体は、片瀬によって押さえこまれた。

中に入ったままの指に、同じようにして何度も弄られる。

深里は背中を浮かせ、シーツに爪を立てながら、淫らに動く指に翻弄されていた。

中で蠢《うごめ》く指は、まるでそれ自体が意思を持って動く生きものみたいだった。それらに犯され、なすすべもなく乱されて、深里は考える力を奪われてしまう。快楽以外、感じられなくなってしまう。

「ひぁっ……あ、ぁ！　も、う……許、し……」

泣き声での訴えは、ほとんど言葉になっていなかった。舌が上手くまわらず、口角《こうかく》からは唾液が伝い落ちていく。

指は卑猥な音を立てて、少しずつ突く動きに変わっていった。

熾火《おきび》が残った身体に火をつけることなんて、あまりにも簡単だ。深里の意思なんて、とてもじゃないが及ばない。

快楽に溺《おぼ》れる身体を止められず、深里の心はその渦《うず》の中に引きこまれていった。

綺麗に片づいた部屋に、清潔なベッド。シーツからはほのかにいい香りがし、窓からは柔らかな日差しが入ってくる。

昨晩の雨はすっかりやんで、窓の外には青空が広がっていた。この身体が鉛《なまり》のように重くなかったら、最高の朝だったはずだ。いや、もう昼すぎだった。

泣きすぎてぱんぱんに腫れた目で、深里はベッドの端に座る片瀬を睨みつけた。

この男がだまされてくれたことによる、ささやかな勝利の気分など、ほんの数秒だった。味わった満足感なんてわずかなものなのに、片瀬はその何百倍もの時間、深里を泣かせたのだ。

「大人げないっての……！」

結局のところ、縛られもしなかったし、ビデオも撮られなかった。着物を纏《まと》わされたわけでもなかったし、目隠しも変な薬も使わなかった。だが普通だったかと問われたら、深里は迷わず否と言うだろう。

普通ならば、今頃歩きまわっていられるはずなのだから。

むすっとしている深里に、片瀬は優しげに手を伸ばしてきた。

「何が？」

しれっとしたものだった。あくまでその顔は涼しく、何を言っているのかわからない、という態度だ。

深里の言わんとしていることが何か、理解できていないはずはないのに。

「ちょっとだまされたからって、あんな仕返しすんなよ！」

「誤解だ」

「は？」

「仕返しをしたつもりはないよ。あれはただの愛情表現だ。しばらく会えなかった分を、取り戻しただけだろう」

絶対に嘘だと思ったが、言っても仕方ないので黙っていた。

「何をすねている」

髪を梳《す》きながら尋ねられ、あやうくぶちっと何かが切れそうになった。何を、はないだろうと思った
元気だったら、間違いなく怒鳴り散らしてただろうが、あいにくと言おうか幸いと言おうか、今はその気力が湧いてこなかった。

深里はぷいっと横を向いた。せめてもの反抗だ。

てっきり顎でも摑まれて、無理に向きを変えさせられるんじゃないかと思っていたが、

片瀬はそのまま深里の髪を梳いていた。

珍しいこともあったものだ。

もしかして昨晩のことを少しは反省しているのだろうか。

ちらっと片瀬の顔を見て、深里はすぐに後悔した。揶揄するような彼の笑みは、あきらかに深里の態度を楽しんでいるものだ。

やはりこの男の辞書に、殊勝《しゅしょう》だとか反省だとかいった言葉はないのだ。そうに決まっている。

「俺って、かなり物好きだよな……」

「うん?」

「あんたみたいな男を、恋人なんかにしてるんだからさ。誰かに偉いって褒《ほ》めて欲しいくらいだよ」

「確かにね」

笑みを含んだ言葉には、珍しく裏がないようだった。軽く流しているわけでもないし、皮肉でもない。どうやら本気でそう思っているらしかった。

今日の片瀬は妙に機嫌がいい。もっともあれだけ人を好き勝手に扱ったのだから、これで機嫌が悪かったら家出してやるところだ。

昨晩のことで、深里は一つだけ心に決めたことがある。

それは、二度と片瀬のことはだますまい、ということだった。

あとがき

お久しぶりの片瀬《かたせ》と深里《みさと》です。

今回は、以前からずーっと書きたいと思っていたエピソードが二つ入れられたので、自分の中ではかなり達成感があります。

ちなみに深里十五歳のエピソードがああいう形で入ったのは、お友達のSさんの助言によるものです。「今回こういう（片瀬と連絡が取れない……みたいな）話にしたいんだけど、そうすると片瀬が最初と最後しか出てこなくなっちゃうんだよ。どうしよう、出てこなくてもいいかな。私は別にいいんだけど、読む人はどうかな」みたいな感じで相談したら、「（書きたいって言ってる）十五歳のときの話を差しこめばいいじゃん」と。

思わずポンと膝を打っちゃったですよ。そうか、そうだよね。

ありがとうありがとう、Sかいん。それを踏まえて話を組んで、こんな感じになりました。

ところでモデルガンとかエアガンですが、昔ひとつだけ持ってました。エアガンのコルトガバメントでした。確かそのメーカーはもう潰《つぶ》れちゃった、もしくは撤退したみたいです。撃った後はちゃんとカート（プラスティック）がイジェクトするんで、それが楽しかった……ような記憶があります。

ん、あれ？　リボルバーもあったような気がしてきた……。あ、確かあったはず。そっちは確かモデルガンだったような……でも銃の種類は思い出せないなぁ……。

あとRCも持ってたですよ。確かポルシェ。なんか「確か」ばっかりですね。記憶をしまっている部分が錆《さ》びついているようです。どっちにしてもそれらはとっくの昔にないんですが、手裏剣《しゅりけん》はまだどっか探せば出てくるはず（爆）。処分した覚えがないし。当時、影の軍団とか好きだったので（今も好きだけど）、モデルガンショップで売ってたのを見てつい買っちゃったんですよ。しかも四タイプくらい。

なんだったんだろう、十代の頃の私……。

でもあれですよ、私の友人に比べたら、趣味はともかく感覚は女の子でしたよ。私の友人（女）は、「ダンプカーとかショベルカーとか好き。でっかいから」という発言で度肝《どぎも》を抜いてくれたので。そういうのって幼稚園くらいの男の子が言うことだと思うんですが、どうですか。

それはともかく、最近の……というか相変わらず、私は美味しいものを食べることに執着しております。

最近の流行りはプロフィールに書いた通りです。で、別に流行りではないんですが、間違って買ったカッペリーニが賞味期限切れそうだったんで、フルーツトマトで冷製パスタ作って食べてます。超簡単です。

そういや、深里ってイタリアンが好きな設定だったな……。でもチーズは嫌いって書いてあった。忘れてました（笑）。

今回も魅力的な片瀬と深里にしてくれてありがとう、赤坂《あかさか》さん！　回を追うごとにどんどん格好良く綺麗になっていくので、とても嬉しい〜。本のできあがりを楽しみにしてます。

というわけで、お世話になった皆様、読んでくださった皆様、どうもありがとうございました。

きたざわ尋子《じんこ》

Hanamaru Bunko

作家・イラストレーターの先生方へのファンレター・感想・ご意見などは
〒101-0063 東京都千代田区神田淡路町2-2-2
白泉社花丸編集部気付でお送り下さい。
編集部へのご意見・ご希望などもお待ちしております。
白泉社のホームページはhttp://www.hakusensha.co.jpです。

白泉社花丸文庫

見つめていたい

2007年7月25日　初版発行

著　者　きたざわ尋子 ©Jinko Kitazawa 2007
発行人　藤平光
発行所　株式会社白泉社
〒101-0063 東京都千代田区神田淡路町2-2-2
電話 03(3526)8070(編集) 03(3526)8010(販売)
印刷・製本　株式会社廣済堂
Printed in Japan　HAKUSENSHA　ISBN978-4-592-87519-2
定価はカバーに表示してあります。

好評発売中　花丸文庫

★よみがえる想い。男たちのパッション！

手に負えない激情

きたざわ尋子　●文庫判　イラスト＝ジキル

大学生の望巳は、バイト先で高校の後輩・水原と再会。水原は上京する前に一度だけ、自分を抱いた相手だった。本気にはならないと言いつつ意味ありげな態度を取る彼に、望巳は翻弄されて…!?

★抑えきれない激情、そして迷い…暴走ラブ！

あふれていく鼓動

きたざわ尋子　●文庫判　イラスト＝ジキル

高校の後輩・水原とつきあい始めて以来、彼の身勝手さに振り回される望巳。実は水原の方も、望巳の憧れである従兄弟に嫉妬していた。一方、二人のバイト先では常連客が望巳に親しげな態度を…!?

好評発売中　花丸文庫

★ドキドキのテンダーハート・ロマンス!

いとしさは罪じゃない

きたざわ尋子　●イラスト＝赤坂ＲＡＭ　●文庫判

翻訳家・信乃の前に現れた少年・勇真。息子だと名乗る彼は、信乃が14年前に付き合いのあった女性の忘れ形見だった。真偽のわからぬまま勇真を引き取る信乃だが、彼にはもう一つの顔が…。

★危険な愛のかけひき。

だまされたい

きたざわ尋子　●イラスト＝赤坂ＲＡＭ　●文庫判

芸者の息子・深里は、母を囲っていた旦那の息子・片瀬と暮らしていた。詐欺師である片瀬は、深里に最高の物と快楽を与えるだけで、仕事を手伝うことを許さない。そんな彼に苛立つ深里は…。

好評発売中　花丸文庫

★「だまされたい」シリーズ続編。

でも素直じゃいられない

きたざわ尋子　●イラスト＝赤坂ＲＡＭ　●文庫判

同居中の片瀬と深里の前に美術品コレクターの尾木という男が現れた。尾木と片瀬の父たちの間には、芸者だった深里の母を巡り確執があったのだか、今度は深里を巡り、その息子たちが…!?

★スリリングな恋のかけひき！

ふらちに落ちたい

きたざわ尋子　●イラスト＝赤坂ＲＡＭ　●文庫判

詐欺師の恋人・片瀬に理不尽な怒りを覚えては、親友・勇真の家に駆け込む深里。ある日、勇真と出かけた深里に、見知らぬ男が接触してくる。だが男は深里を勇真と勘違いしているようで…。

好評発売中　花丸文庫

★人気カップル「片瀬&深里」シリーズ。

唇でとかしたい

きたざわ尋子

イラスト＝赤坂ＲＡＭ
●文庫判

恋人の片瀬に指輪をもらい、養子縁組で片瀬姓になった深里。喧嘩して家を飛び出す癖は抜けないが、バイトも学生生活も順調だった。だが、元検事官の松永が事件の後も深里につきまとい…。

★「片瀬&深里」シリーズ第7弾！

壊れるほど愛したい

きたざわ尋子

イラスト＝赤坂ＲＡＭ
●文庫判

自立を目指し、スタッフ派遣会社の正社員として働き始めた深里。相変わらず片瀬は、自分の仕事の中身を深里に教えようとはしない。そんな時、仕事がらみのトラブルで片瀬が体に傷を負い…!?